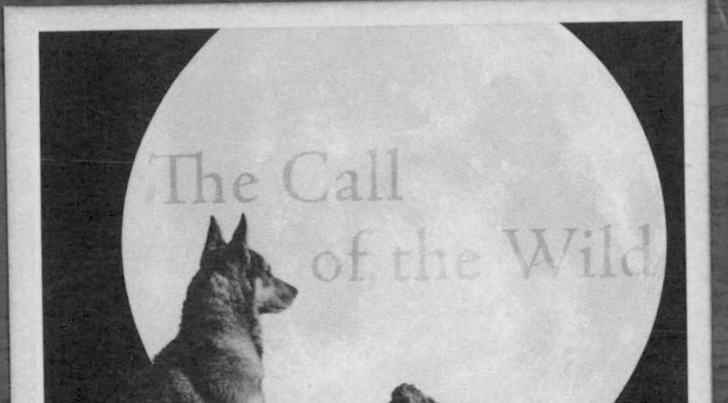
The Call
of the Wild
EX-LIBRIS
©DEETEN PUBLISHING

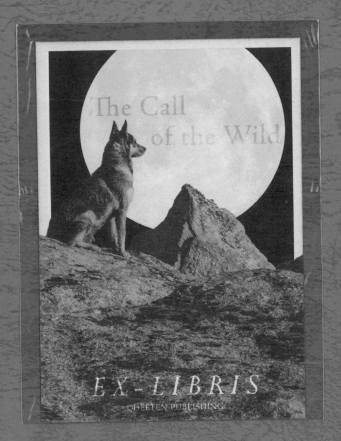

野性的呼喚

The Call of the Wild

傑克・倫敦——著
Jack London

陳家瑩——譯

笛藤出版

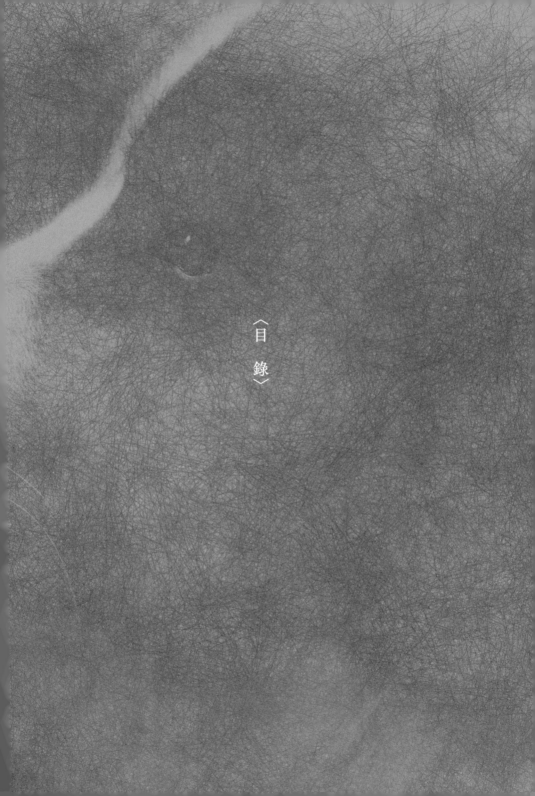

〈目錄〉

〈第一章〉

進入荒野

原始的遊牧想望
束縛於習俗枷鎖
再次
野性本能將從冬眠甦醒

如果巴克會看報紙的話，牠會知道即將大難臨頭了。事實上不只牠而已，每一隻在普吉特海灣和聖地牙哥間，身強體健又識水性的長毛狗，都要遭殃了。因為人類在漆黑的極地發現了一種黃色金屬，加上蒸汽船和運輸公司的快速傳播，這股淘金浪潮讓數千人紛紛前往北極一探究竟。這些人需要身強體健，且皮毛厚重能抵抗寒冷的犬隻去那裡幫他們工作。

巴克住在法官米勒的大房子裡。座落在陽光普照的聖塔克拉拉地區，那棟房子位在路的盡頭，雖然被樹叢掩蓋，但仍可從間隙中看到圍繞房子四周寬大的美麗陽臺。屋子前頭有著碎石鋪成的蜿蜒車道，寬闊的草坪和茂盛高聳的白楊木林。房子後頭的設計，則更為寬敞開闊。有數十位馬伕照管的漂亮馬廄，爬滿藤蔓的傭人小屋，一排排整齊的儲物房，長長的葡萄架，翠綠的牧場、果園和莓果農場。除此之外，還有噴水池的抽水站和一個巨大的水泥泳池，米勒法官的兒子們會在那裡晨泳，還有在炎熱的下午避暑。

而這麼大的區域都是巴克的管轄區。自出生後，牠已經在這裡生活了四年。的確，這麼大的地方，一定還有別的狗，但牠們都不重要。牠們來來去去，不是住在擁擠的狗窩裡，就是像日本巴戈犬土茲，或是墨西哥無毛犬伊莎貝拉一樣，隱密地待在房子裡的休息空間，牠們很奇怪，甚少把鼻子探出門口，或是踏上外面的土地。

但巴克既不屬於狗窩，也不屬於室內。這個王國是牠的。牠會跳到游泳池裡，或跟著法官的兒子去狩獵；也會陪著法官的女兒，茉莉和艾莉絲進行黃昏或早晨的散步；在起風的夜晚，牠會躺在法官的腳前，享受著壁爐的溫暖；牠讓法官的孫子騎在背上，和他們一起在草地上翻滾，然後保護他們到馬場的噴水池探險，或是再往前走，探索更遠的牧場和莓果園。所有生物都歸牠所管，無論是那些牠睥睨的獵犬，或是牠看不上眼的土茲和伊莎貝拉。牠是這塊土地的王，不管是爬的飛的，包括人類，只要是住在法官米勒的大房子裡，都要對牠伏首稱臣。

巴克的爸爸艾蒙，是一隻壯碩的聖伯納犬，曾是法官形影不離的夥伴。現在陪伴法官就是巴克的工作了。因為巴克的媽媽是一隻叫夏普的喜樂蒂牧羊犬，所以牠的個頭不大，只有一百四十磅。但因為出生尊貴又生活優渥，巴克有著貴族氣質。從出生到現在這四年間，因為備受寵愛，牠就像那些與世隔絕的鄉間仕紳一樣，相當自傲。但牠沒讓自己成為那種被寵壞的家犬。狩獵和其他的戶外活動，讓牠維持強健的體格和熱愛冷水澡的人類一樣，好水的天性成為牠永保健康和精力充沛的祕訣。

這樣的日子一直持續到一八九七年的秋天，當時克朗代克興起淘金熱潮，吸引許多人前往冰天雪地的北部一探究竟。但是巴克不會看報紙，牠也不知道園丁的助手曼紐，是個沉迷於中式彩券的危險傢伙。他深信賭博能讓他一夜致富，但僅靠著園丁助手微薄的薪資，連養家活口都有困難了，他哪有多餘的錢賭博呢？

曼紐要下手的那一晚，法官在跟葡萄乾協會的人開會，其他的人則忙著籌備運動俱樂部的事。沒人看到他牽著巴克走出果園，而巴克也只是以為要去散步而已。有個陌生人在「學院公園」的小車站等著他們，雙方交談後就付款了。

「在交貨前請把貨品綁好。」陌生人粗啞地說。曼紐在巴克的項圈下綁上麻繩。

「扭緊繩子，你就可以控制他。」曼紐說。陌生人應和了一聲。

巴克反常地沒有抗拒麻繩，因為牠相信認識的人，也認為這些人類比自己來得聰明。但在麻繩被交到陌生人手上時，他還是發出警告的低吼聲表達自己的不滿。牠自傲地認為這樣的表達就是命令。但出乎意料地，牠脖子上的麻繩縮緊讓牠呼吸困難。在盛怒之下，牠撲向那個男人，沒想到那個人一把抓住牠的喉嚨，然後把牠摔在地上。脖子上的繩子被拉得更緊，巴克憤怒地拚命掙扎，牠的舌頭掛在嘴巴外面，寬大的胸口快速喘氣。牠這輩子沒遭遇過如此粗暴的對待，也從沒這麼憤怒過。牠不知道到底發生了什麼事，但牠已經氣力用盡，只能雙眼發直盯著前方。火車停了下來，牠被兩個男人丟上行李車廂。

接下來，牠只知道牠的舌頭很痛，並從轟隆作響的引擎聲和軌道隱約地感覺到牠在某種交通工具上。牠也很常和法官出門旅行，所以非常清楚搭乘行李車廂的感覺。被綁架的巴克睜開滿腔怒意的雙眼，在那個男人準備掐昏牠前，巴克的動作更快，牠緊咬住那個男人的手，直到失去意識為止。

行李員被扭打的聲音吸引前來查看，那個男人藏起他被咬傷的手，說「牠有癲癇的問題，我替老闆帶牠去舊金山看醫生。那裡有一位技術高強的醫生可以治好牠。」

抵達舊金山後，那男人在一家濱海小酒館裡淘淘不絕地訴說那晚的遭遇，「我只拿到五十塊報酬，早知道會這樣，給我一千塊現金我也不做！」他的手上包著血跡斑斑的手帕，右邊膝蓋到小腿的褲管都撕裂了。

「另一個人拿到多少錢？」酒館老闆問。

那個男人回答「一百塊，少一塊都不行，所以拜託多給我一點。」

酒館老闆計算後說「這樣就是一百五十塊，牠絕對值這個價，不然我就是笨蛋。」

綁架巴克的男人解開血跡斑斑的手帕，看著自己被咬得傷痕累累的手說「萬一我得了狂犬病……」，「那就是你命中注定，」酒館老闆笑著說，接著補充一句「在你離開前幫我個忙吧！」

快要去掉半條命的巴克雖然頭暈腦脹，而且舌頭跟喉嚨都痛得要命，牠還是拚命反抗這些折磨牠的人。但是牠被反覆摔在地上，又被一直掐暈，終於那些人把黃銅項圈從牠脖子上拿下來。然後繩子也被拿掉了，最後牠被丟進一個箱子裡。

牠躺在籠子裡度過之後的漫漫長夜，一邊平息滿腔怒火和修補受傷的自尊。牠無法理解到底發生了什麼事？這些陌生人為什麼要綁架牠？為什麼要把牠關在這個狹窄的箱子裡？牠隱約地感覺到大事不妙。那天晚上，只要聽到箱子打開的聲音，巴克都會跳起來，希望看到法官或至少是家裡的其他人。但每次都只看到酒館老闆在燭光下臃腫的臉，原本要發出的興奮吠聲也變成了憤怒的吼叫。

但後來酒館老闆沒有再搭理牠。到了隔天早上，四個男人來載走箱子。巴克心想，這些人一定也是來虐待我的，他們穿著破爛蓬頭垢面，看起來就是凶神惡煞的樣子。牠在箱子裡來回踱步，隔著木條對他們咆哮。他們只是大笑，然後拿棍子戳他，巴克立刻用力地咬住棍子，後來牠才發現他們就想看到牠這樣的反應。於是牠憤怒地躺下讓他們把箱子放到馬車上。接著這個囚禁牠的箱子轉手了多次。先是快遞公司的職員把牠送到另一台馬車上，之後又上了一輛卡車，把牠跟其他的包裹一併送到蒸氣渡輪上。下了渡輪後牠又被送到一個大型火車站，最後被放在一列快速火車上。

這列引擎轟隆作響的快速火車跑了整整兩天兩夜，巴克也兩天沒吃沒喝。憤怒的巴克，對著快車上的送貨員瘋狂咆哮，氣到發抖，猛力衝撞箱子，嘴角冒出白沫。送貨員一點都不在乎，他們用狗吠、貓叫回敬，還用手臂模仿翅膀，發出雞叫聲來奚落牠。牠知道這一切都既無意義又十分愚蠢，但正因如此，牠的自尊更加受挫。他不在乎挨餓，但是沒有水喝讓牠痛苦萬分，變得更為憤怒生氣。在這樣的狀態之下，巴克變得敏感易怒，因為被虐待而乾涸腫脹的喉嚨和舌頭，讓牠再也無法遏制心中的熊熊怒火。

至少有一件事值得慶幸，現在脖子上的繩子已經拿下來了。沒了那條繩子，牠會給他們點顏色看看。牠已經下定決心，不會再讓任何人在牠脖子上套繩子。經歷了兩天沒吃沒喝的折磨，牠的憤怒已經到達最高點，任何和牠起衝突的人都會嘗到苦果。牠的雙眼血紅，已經化身為一個暴怒的魔鬼，現在就算是法官本人都認不出牠了。快車的送貨員在西雅圖把牠放下時鬆了一口氣。

四個男人小心翼翼地把籠子從馬車上卸下，放到一個四面都是高牆的小後院中。一個身材壯碩的男人，穿著領口鬆垮的紅毛衣，向馬車司機簽名取貨。巴克想著，這個人就是下一個要虐待我的人，牠憤怒地撲向籠子欄杆。這個男人冷笑著拿出斧頭跟棍子。

「你該不會要放牠出來吧？」司機問。

「當然」男人一邊回答一邊用斧頭撬開籠子。

那四個抬籠子的男人聽到後立刻四散逃開，爬上高牆，準備看場好戲。

巴克衝向裂開的木條，惡狠狠地拚命撕咬。牠憤怒又焦急地跟著斧頭在籠外落下的地方，邊吼邊咬，急於重獲自由。反觀紅毛衣的男人仍然冷靜地動作，要讓牠出籠。

「好了，你這隻紅眼魔鬼」他終於打開一個可以讓巴克通過的空間，同時把斧頭放下，改用右手拿著棍子。

巴克也真的化身為一隻紅眼魔鬼。牠毛髮豎直，嘴角佈滿白沫，血紅的雙眼閃著瘋狂的光芒。牠一鼓作氣地衝出籠子，用一百四十磅的怒火和過去兩天所受到的惡氣直直撲向那個男人。但當牠要咬住那個人時，牠的身體遭受重擊，讓牠的嘴巴痛苦地闔上。牠在空中轉了一圈，然後摔倒在地，這輩子沒被棍子打過，所以不明白發生了什麼事。在低吼嚎叫中，牠再度站起了身，進行下一波攻擊。卻又再被重擊在地，這次牠知道是那根棍子，但在暴怒之下牠也管不了這麼多了。牠進攻了十數次，但每到最後都被打到癱軟在地。

在一次特別激烈的對陣之後，勉強起身，但是因為暈眩再也無法衝刺了。牠一拐一拐地走著，嘴巴、鼻子和耳朵都在流血，美麗的皮毛也沾上了血跡斑斑的口水。接著那個男人往牠的鼻子重重打了下去，這一次的重擊讓之前的疼痛都算不了什麼了。巴克像兇猛的獅子一樣憤怒，牠大吼一聲，接著再次撲向那個男人。但那個男人，把棒子換到左手，然後抓住牠的下顎，上下地猛拉。巴克在空中整整翻轉了一圈半後，頭上腳下地重重摔落在地。

巴克展開了最後一次攻擊。但那個男人特意地把這最後一擊留到最後，而巴克再也支撐不住，終於被打倒在地，失去知覺。

「我得說他馴狗真有一套。」牆頭上的一個男人興奮地說。

「我還是比較喜歡馴馬，每週日都有兩次。」馬車的司機上車時說。

巴克的知覺恢復了，但體力沒有。牠躺在剛剛倒下的地方，看著那個紅毛衣的男人。

「名字叫巴克，」那個男人讀著酒吧老闆貨物資料裡的訊息，自言自語地說。「巴克，我的乖狗，」他用親切的聲音說，「我們剛開始有點摩擦，但最好就讓事情過去。你已經學到教訓了，我也是。你就乖乖做隻聽話的狗，那一切都會順順利利。但如果不聽話，我就得狠狠揍你一頓，了解了嗎？」

那個男人邊說話，還邊大膽地拍著剛剛痛揍過的巴克。當他的手碰到巴克的頭時，巴克的毛髮不受控地全都豎了起來，但牠忍了下來沒有反抗。那個男人後來拿水給牠喝時，牠也迫不及待地喝了，之後還從那個男人手上吃了一塊塊的生肉大餐。

牠知道牠被擊敗了，但牠沒有輸。牠清楚地知道只要那個人手上有棍子，牠就不可能勝利。牠已經學到教訓了，而且這一生都不會忘記。那根棍子是一個啟示，是牠了解原始生存法則的開始，現在路只走了一半。生命有更為殘酷現實的一面，當牠毫無畏懼的面對一切，牠埋藏在本性下的狡詐也會被慢慢喚醒。日子逐漸過去，有越來越多的狗被送來，有些在籠子裡，有些用繩子牽來，有些溫馴，有些就和牠當初一樣地憤怒和兇猛。牠看著牠們也都順服在穿紅毛衣的男人之下。一次又一次，牠看著暴虐的場景，巴克明白了，拿著棍子的人就是制裁的人，是必須要服從的對象，但不需要去討好。巴克從不討好，雖然牠看過很多被打的狗最後對著那個男人搖尾乞憐。但牠也有看過一隻既不討好也不服從的狗，最後死在馴服的過程中。

時不時會有陌生人出現，跟那個紅毛衣的男人交涉，各式各樣的人都有，有些人興奮，有些人花言巧語的討價還價。然後陌生人付了錢，就會帶走一隻或一些狗，牠們再也沒有回來，所以巴克不知道牠們去了哪裡。因為牠對未來感到害怕，所以巴克很高興自己都沒有被選上。

但終於還是輪到牠了。一個皺巴巴矮小的男人，說著破破爛爛的英文，夾雜一些他聽不懂的話。

「老天！」他看到巴克的時候大叫出來「那隻狗！多少錢？」

「三百元，半買半送。」紅毛衣男人立刻回答。「而且是公家單位的錢，你應該沒話好說了吧，佩羅？」

佩羅咧嘴一笑。想到最近狗價因為供不應求飆升，這個價錢實在不算太貴。加拿大政府不想吃虧，但也不想拖延到配送速度。佩羅很了解狗，他看巴克一眼就知道這是條不可多得的好狗，「是萬中取一的一隻。」他心裡想著。

巴克看見他們數了錢。所以當那個矮小乾扁的男人把他和「捲毛」，一隻溫順的紐芬蘭犬，一起帶走時，牠一點都不驚訝。這是牠最後一次見到那個紅毛衣的男人。當牠跟捲毛在獨角鯨號的甲板上看著逐漸遠去的西雅圖，這也是牠們最後一次看到溫暖的南方地區了。佩羅把牠跟捲毛交給一個膚色黝黑的大塊頭，他叫做弗朗索瓦。佩羅是法裔加拿大人，膚色較深，但是弗朗索瓦，是法裔加拿大人和印地安人的混血，膚色更加黝黑。他們對巴克來說是另一種人（這種人未來會見到更多），雖然對他們沒有任何感情，但是已經慢慢建立起尊敬。牠很快就發現佩羅和弗朗索瓦行事公正，執法冷靜公平，很了解狗，也不會被狗欺瞞。

巴克跟捲毛到了獨角鯨號的甲板間艙，和其他兩隻狗待在一起。其中一隻是一條雪白色的大狗，是捕鯨船船長從挪威的斯瓦爾巴群島帶出來的，後來加入地質考察隊，進入荒地考察。牠很友善，但有些滑頭，會趁你不注意的時候動手腳，比方說第一餐牠就偷了巴克的食物。當巴克要衝去教訓牠時，弗朗索瓦的鞭子從空中揮了下來，打中罪魁禍首，但沒有處罰巴克，還讓巴克把骨頭搶回去。巴克認為弗朗索瓦是個公平的人，立刻提升了這個混血兒在巴克心中的地位。

另一隻狗則什麼都沒做，也沒打算偷別人的東西。牠是個孤僻又鬱鬱寡歡的傢伙，牠跟捲毛表示得很清楚，牠不想被任何人煩，如果有人去打擾牠的話，牠就會給他們好看。牠叫做「戴夫」，每天就是吃吃睡睡，偶爾打打哈欠，對什麼事情都不感興趣，甚至在跨越皇后夏洛特峽灣時，獨角鯨號的船身被浪打得忽高忽低、左搖右晃時都沒有反應。巴克和捲毛焦慮又害怕地來回踱步，牠只是淡漠地抬起頭，不屑的看牠們幾眼，然後打個呵欠又沉沉睡去。

日復一日，螺旋槳持續推動輪船前行，雖然每天都沒有什麼差別，但是巴克可以明顯地感覺到氣溫越來越低了。終於，某天早上，螺旋槳停了，獨角鯨號上瀰漫著一股興奮的情緒。牠和其他的狗都知道，事情要改變了。弗朗索瓦把牠們綁好，牽著牠們走到甲板上。巴克的腳剛踏上冰冷的地面就踩進一團白色鬆軟的東西，有點像是泥巴。牠的鼻子噴氣跳了一下，但是天空還是一直飄下這種白色的東西。牠甩了甩身子，但飄到牠身上的東西卻越來越多。牠好奇地聞了一下，然後舔了舔，牠的舌頭就像被火刺了一下，但這種感覺即刻就消失了。牠完全不能理解，所以又試了一次，但結果還是一樣。外面的人看到牠這樣都笑了，牠覺得好難為情，但還是不知道發生了什麼事，因為這是牠的第一場雪。

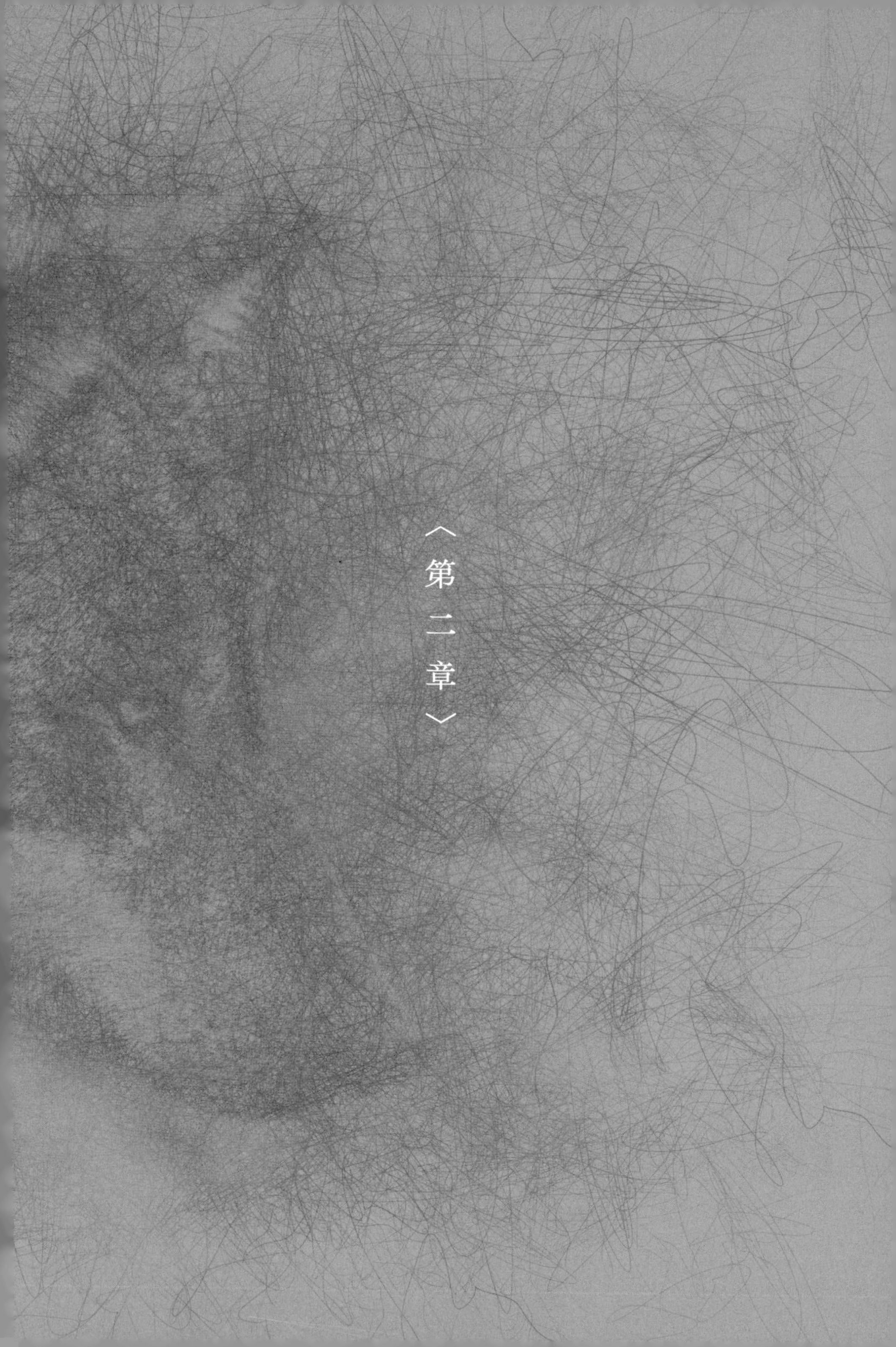

〈第二章〉

棍棒和利齒的法則

巴克在迪亞海邊渡過的第一天是場惡夢，這裡時時刻刻都充滿驚嚇和意外。牠被硬生生地從文明世界抓出來，然後丟到這個蠻荒之地。過去每天慵懶閒晃的溫暖日子不再，取而代之的是危險和慌亂，再也沒有安穩或平靜的時刻。這裡的矛盾衝突不斷，生命隨時都受到威脅，要一直保持高度警戒，因為這裡和都市裡不一樣。這邊的人和狗，每一個都非常野蠻，他們不在乎法治社會，只遵守棍棒和利齒的法則。

牠從不知道狗會這樣打架，而那些更像狼的動物讓牠學到永難忘懷的一課。幸好，這件事不是牠親身經驗，不然牠就不能從中獲益。捲毛是這次事件的受害者，他們在放置木材的地方紮營，捲毛維持牠一貫的友善作風，想親近一隻哈士奇犬，牠的個頭雖然只有捲毛的一半，但尺寸也和一隻狼差不多了。一點警告都沒有，只看到快如閃電的一躍，牙齒發出金屬碰撞的喀擦聲，再輕巧地跳開，捲毛的臉就從眼睛到下巴撕裂開來。

這就是狼群的戰鬥方式，攻擊然後跳開，但事情並沒有結束。除此之外，另外有三十或四十隻哈士奇把這兩隻狗團團圍住，巴克不明白那種肅靜的氛圍代表什麼，抑或是牠們為什麼這麼急切地舔著嘴巴。捲毛向對手撲去，牠再度攻擊後又跳開，再用胸口撞向捲毛，讓牠翻身倒地。牠再也沒有站起來，這就是那些哈士奇在等待的機會。牠們逼近牠，一邊嚎叫一邊撕咬。牠被埋在這群狗的身體之下，痛苦地大叫。

一切都發生地那麼突然和出人意料之外，巴克嚇傻了。牠看到斯畢茲吐出血紅色的舌頭，像在大笑一樣，然後弗朗索瓦出現，他揮舞著斧頭，跑到狗群中間，還有三個男人也拿著棍子，幫他一起驅趕狗群。大概過了兩分鐘而已，他們就把最後一個攻擊捲毛的狗趕走，但是牠已經毫無生氣地躺在血跡斑斑的雪地上，幾乎被撕成碎片。那個皮膚黝黑的混血兒站在牠旁邊生氣地大聲咒罵。巴克時常做惡夢夢到這一幕，讓牠晚上睡不安穩。這就是現實，沒有公平可言。一旦倒下，就是結束。所以牠絕不會倒下。斯畢茲又吐出舌頭大笑，從那一刻開始，巴克就恨他入骨。

牠尚未從捲毛慘死的悲劇中恢復，就發生了另一件讓牠震驚不已的事。弗朗索瓦在牠身上套了一副有扣環的皮帶。很類似之前在家裡看到馬伕套在馬身上的馬具。牠就像馬匹一樣，拖著坐在雪橇上的弗朗索瓦前往山谷旁的森林搬運柴火。雖然被當成駝獸非常打擊牠的自尊，但牠已經學乖了，知道不可以違背命令。牠盡心盡力地努力工作，雖然這一切對牠來說都是新的挑戰。弗朗索瓦十分嚴格，要求完全的服從，靠著他的鞭子也能收到立即的效果。戴夫是條很有經驗的雪橇狗，當巴克犯錯的時候就會咬牠的後腿。斯畢茲則是領頭狗，經驗老道，雖然沒辦法每次都咬到巴克，但牠會大叫責罵巴克，或是巧妙地轉移身體的重量，帶動拉繩讓巴克回到正確的方向。巴克學得很快，在兩位夥伴和弗朗索瓦的訓練下，有了長足的進步。在回到營地前，牠就知道「喉」代表停止，「姆」代表前進，轉彎的時候要跑大圈，滿載的雪橇在下坡的時要離主位狗遠一些。

「三條狗都很棒，」弗朗索瓦告訴佩羅。「尤其是那個巴克，力量很大，我教得很上手。」

到了下午，急著上路送信的佩羅又帶回另外兩隻狗。牠們叫做「比利」跟「喬」，是純種的哈士奇犬。雖然是同胎的兄弟，但牠們的個性就像日與夜的不同。比利的毛病就是友善過頭，但是喬卻完全相反，脾氣壞又孤僻，叫個不停還有一雙兇惡的眼睛。巴克把牠們當同伴看待，戴夫完全忽視牠們，而斯畢茲則一隻一隻狠咬牠們。比利先是搖尾討好斯畢茲，但被狠咬一頓之後，只好邊哀叫又邊討好地逃開。反觀喬，不管斯畢茲怎麼繞圈挑釁，喬都惡狠狠地緊盯著牠。脖子上的毛豎直，耳朵壓得低低的，齜牙裂嘴的咆哮大叫，再用力闔上嘴巴。眼神兇惡瘋狂，化身成一隻嗜血的野獸。因為牠的模樣實在太過嚇人，讓斯畢茲不得不放棄教訓牠的念頭。為了挽回面子，斯畢茲轉而攻擊在旁哀號，沒有殺傷力的比利，把牠趕到營地的邊緣。

到了晚上，佩羅又帶回另一隻老哈士奇。牠看來歷經風霜，身形瘦長，臉上有著戰鬥留下的傷疤，雖然只有一隻眼睛，但眼神威嚴，讓人畏懼。牠叫做索萊，意思是生氣的傢伙。和戴夫一樣，牠無欲無求，不過當牠故意慢條斯理地走入狗群中時，連斯畢茲都不敢惹牠。但巴克這個倒楣鬼卻無意間犯了牠的大忌，就是從牠瞎眼的那側靠近。索萊在撲倒牠後把牠的肩膀咬出一個深可見骨的三吋大洞，自此之後巴克再也不會靠近牠看不見的那邊，而牠倆的關係也就此相安無事。牠跟戴夫一樣，表面看起來唯一的願望就是不被打擾，而巴克是到了之後才了解，牠們倆其實都有更為遠大的目標。

當晚，巴克對睡覺碰到嚴重的問題。帳篷裡點著蠟燭，在一片白茫茫的荒野中，散發著溫暖的光，當他理所當然地走進帳篷時，佩羅和弗朗索瓦一邊咒罵一邊用煮飯的工具打牠，直到牠驚慌失措地逃出帳篷。寒風刺骨，讓牠肩膀上的傷口更痛了。牠躺在雪地上試著入睡，但是冰冷的地面很快就讓牠開始發抖。又冷又悽慘的巴克在帳篷間遊蕩，發現每個地方都一樣寒冷，途中還碰到其他野蠻的狗要攻擊牠，不過在牠豎起脖子的毛和大吼幾聲後（牠學得很快），牠們就不敢對牠下手了。

終於牠想到一個主意，牠要走回去看看牠的同伴們是怎麼做的。沒想到，牠們都消失了。牠繞著主營地再走了一圈想找出牠們來，但一無所獲。牠們在帳棚裡嗎？不，不可能，如果可以的話牠就不會被趕出來。牠們到底去哪了？尾巴垂著，身體顫抖，絕望的巴克漫無目的地在營地走著。突然，牠的前腿陷入雪地，有東西在牠的腳下扭動。牠立刻跳起來大叫，身上的毛都豎起來了，深怕是什麼不知名的東西。接著牠聽到一聲友善的呼叫，讓牠放下心來，於是牠走回去探查。一股溫暖的氣息竄入牠的鼻孔，是比利，牠蜷曲成球狀躺在積雪之下。牠發出安撫的輕叫聲，同時左右扭動身體表達善意，還冒險地用溫暖濕潤的舌頭舔了舔巴克的臉，以示和平。

又學到一課，其他狗就是這樣做的，對吧？巴克信心滿滿地選了一個位置，花了好一番功夫幫自己挖了一個洞。過沒多久，整個空間充斥著身體的熱氣，然後牠也睡著了。今天過得漫長又辛苦，雖然他還是在跟惡夢奮戰，時不時發出吼叫聲，但牠仍舊睡得非常香甜。

隔天牠被早晨營地的喧鬧吵醒。一開始牠不知道自己身在何處，雪下了整晚，在牠四周形成了一道雪牆，把牠埋得很深。一陣強烈的恐懼席捲牠的全部感官，那是一種野獸對於陷阱的本能恐懼。這也代表牠正往原始祖先的生活靠近，因為牠是一隻過度享受文明生活的現代狗。牠從未體驗過陷阱，所以應該不會對陷阱抱有任何恐懼。牠全身的肌肉強烈收縮，從脖子到肩膀的毛髮本能地全部豎直，伴隨著淒厲的叫聲，牠從雪堆中一躍而起，身上的雪花在閃耀的白日之下形成一道雪霧。在落地之前，牠看到在眼前展開的白色營地，隨即想起自己在哪，和過去這段時間發生的事，從牠和曼紐去散步開始，到昨晚牠幫自己挖的洞。

牠一出現就聽到弗朗索瓦高興地大叫「我是怎麼說的？」這位雪橇駕駛對著佩羅大喊，「這個巴克真的學得又快又好。」

佩羅嚴肅地點點頭。身為加拿大政府的信差，他們要傳遞的訊息非常重要，所以他必須要找到最好的狗，而擁有巴克是讓他格外開心的事。

在接下來的一小時內他們又找了三隻哈士奇犬，所以現在總共有九隻狗了。不到十五分鐘，牠們就上好雪橇拉帶，沿著雪道前往迪亞峽谷。巴克很高興又能繼續上路，雖然相當辛苦，但牠並不怎麼討厭工作，同時對大家的積極熱切感到訝異，這份熱情也感染了牠。更讓牠感到驚訝的是戴夫和索萊的轉變。牠們都是新來的狗，但一套上拉帶就變得不同了。原本的消極淡漠都消失了，牠們變得既靈活又積極，急切地要把工作做好，若有一點延遲或工作不順，都會讓牠們大發脾氣。拉雪橇就像是牠們生命的終極體現，牠們為了這件事而存在，拉橇是唯一可以讓牠們感到開心的事。

戴夫是掌舵犬[1]，或稱為雪橇犬，在牠前面的是巴克，接著是索萊；其餘的狗則在前方以直線排列，跟著最前面的領頭狗跑，也就是斯畢茲。

巴克的位子被刻意安排在戴夫和索萊之間，讓牠可以輕易接收指令。牠是個好學生，而牠們也是兩位好老師，一旦犯錯，就會用牙齒導正他。戴夫公正又有智慧，只要巴克犯錯，一定會咬牠以示懲戒，不會放過任何錯誤。加上弗朗索瓦的鞭子助勢，巴克知道改正錯誤會比反抗來得有意義。有一次，在短暫休息過後，牠被拉帶纏住導

1 掌舵犬的位子在雪橇正前方。適合個性沉穩冷靜的犬隻擔任，才不會被身後的雪橇所驚擾。

致無法準時出發，戴夫跟索萊立刻撲過來，狠狠教訓了牠一頓，結果把拉帶搞得更亂了，但巴克也從此學到要好好維持拉帶的整齊。那天結束前，牠就已經掌握了工作訣竅，牠的同伴也就不再咬他了，而弗朗索瓦揮鞭的次數也大幅降低，佩羅甚至仔細地檢查了巴克的四隻腳，以示獎勵。

牠們扎實地跑了一天，跑上峽谷，經過羊營[2]，再穿越斯蓋爾[3]和林線，跨過數個冰川和高達數百呎的雪堆，然後翻越橫亙在鹹水和淡水之間的奇爾庫特分水嶺，它捍衛著荒涼的孤獨北方大地。牠們快馬加鞭地趕路，經過數個火口湖，終於在當天深夜抵達位在班奈特湖的一個大營區。在這裡有數千名淘金者在造船，要在春天雪融時使用。巴克在雪中挖了一個洞，疲憊地睡去，但是天還沒亮前就又被叫醒，和牠的夥伴們一起套上雪橇繼續趕路。

因為雪道被壓得很結實，所以那天牠們跑了四十英里。但到了隔天，還有之後的

2 原文為 Sheep Camp。地名，阿拉斯加的奇爾庫特步道（Chilkoot trail）的紮營地點之一。

3 原文為 the Scales。地名，位於阿拉斯加奇爾庫特步道（Chilkoot trail）旁的一個盆地區域。

日子，牠們都得自己開道，工作變得更為辛苦，但推進的距離卻變短了。通常佩羅都會在隊伍前方，穿著帶蹼的雪靴把雪踩實讓他們更好前進。弗朗索瓦則在雪橇上控制方向，有時候會跟佩羅互換角色，但並不常發生。因為佩羅很趕時間，而且牠對自己對冰的了解感到非常自豪。這種知識是不可或缺的，因為秋天的冰層非常的薄，有些水流湍急的地方根本就沒有冰。

日復一日，巴克拉著雪橇飛奔，好像永遠沒有停下來的時候。天還沒亮，牠們就拔營出發，在第一道曙光照亮大地前，牠們早已踏上雪道，跑了數英里的路，牠們也永遠在黑暗中紮營，吃一點魚，然後鑽進雪中睡覺。巴克餓壞了，分給牠的一磅半乾鮭魚，感覺入口就沒了。牠永遠都吃不飽，常常餓到身體發疼，但其他的狗因為體重比較輕，而且生來就是過著這種生活，每天只吃一磅的魚，也還是能保持很好的狀態。

牠很快就甩掉那些以前生活中慣有的要求。例如，吃東西要優雅。牠的同伴總是先狼吞虎嚥地吃掉自己的那份後，再把牠還沒吃完的食物搶走。巴克完全來不及抵抗，因為每次在對付一或兩隻狗時，其他狗就會來把牠剩下的食物一口吞掉。為了避免同樣的事情再度發生，牠吃飯的速度變得跟牠們一樣快，而且因為極度飢餓，牠也會去搶別人的東西來吃。牠靜靜地觀察然後學習，然後牠發現那隻新來的狗，派克，是個狡猾又愛裝病的小偷。牠會趁著佩羅轉身時，偷吃一片培根。然後到了隔天牠也如法炮製，偷走了一整塊肉。這件事引起了一陣騷動，但牠沒被懷疑，反而是那個笨拙又總被抓到的達伯，變成巴克的代罪羔羊，被處罰了一頓。

這次的偷竊意味著巴克已經適應了環境險惡的北方大地，有辦法生存了。牠的適應能力強大，能隨著環境改變，如果缺乏這樣的能力，下場就是快速且悽慘的死亡。除此之外，這個轉變也代表道德天性的衰弱跟崩壞。在這樣險惡的求生環境下，道德不但一無是處，還會對生存造成威脅。尊重私有財物和個人感受在以博愛和友誼為依歸的南方，是一件再美好不過的事，但北方是以棍棒和利齒為準則，會在乎這些的是傻瓜，如果還抱著這些念頭不放，那就只能準備被環境淘汰了。

巴克並非有了這麼深刻的體悟。牠單純只是適應了環境，如此而已。牠也在不知不覺中，孰悉了這種新的生活方式。每一天，無論牠是否有機會獲勝，都不會逃避任何一場衝突，但那個穿紅色毛衣男人的棍子，讓牠回歸到更原始的狀態。做為一條文明的狗，他可能會為了道義而自我犧牲，例如，為了捍衛原則而被法官米勒的馬鞭打死。但現在，他為了自己已經不在乎道德，這也代表牠已經脫離了文明的狀態。牠並非在光天化日之下公開搶奪，而是暗地裡狡猾偷竊，因為牠已明白棍棒和利齒的意義。簡而言之，做了日子會比較好過，就是這樣罷了。

牠的進化（或是退化）非常迅速。牠的肌肉很快地就變得跟鋼鐵一樣結實，同時對一般的疼痛免疫。內在也一樣進化了，不管東西再難吃或難以消化，牠都可以吃下肚。只要有東西吃，牠的胃液就能夠消化且吸收僅存的營養價值，然後血液就會把營養輸送到身體最末端的地方，形成強壯且厚實的組織。視覺跟嗅覺都變得非常敏銳，強化的聽覺則讓牠能夠辨別在睡夢中聽到微小聲響，是和平或危險的訊號。牠學會用牙齒咬掉在腳掌間的冰，而口渴的時候，牠會抬起身體，用堅實的前腿把水洞上的冰層踢碎。最厲害的特點就是牠可以用嗅覺預測風向的變化。即便在紮營時完全沒風，但牠總是能夠準確預測之後起風的方向，並在樹林邊或是河岸旁，挑到背風的地點好好休息。

牠不僅從經驗中學習，一直沉睡的本能也甦醒了。被馴化出的習性已經消失。牠朦朧地記起遠古時代，野狗成群結隊地在原始森林中出沒，追捕獵物。牠不費吹灰之力就記起如何打鬥撕咬，並像狼一般地獵殺。被遺忘的祖先們就是這樣打獵的，巴克體內遺留的古老習性被喚醒了，這些技能被烙印在物種的遺傳本能中，無須發現或學習，那是巴克與生俱來的能力。在嚴寒的夜晚，牠抬起頭對著星星發出像狼一般的嚎叫，這也是牠那些遠古，已然化做粉塵的祖先，穿過數個世紀，透過牠對著天空吟唱。牠的聲音與牠們的聲音合為一體，是哀戚，也是寂靜、嚴寒以及黑暗。

從巴克體內湧出的古老的樂曲說明了生命無法自主，而牠現在已然找回了最原始的自己。這全是因為人類在北方發現一種黃色的金屬，而園丁助手曼紐無法靠著微薄的薪資養家糊口，所以牠到這來了。

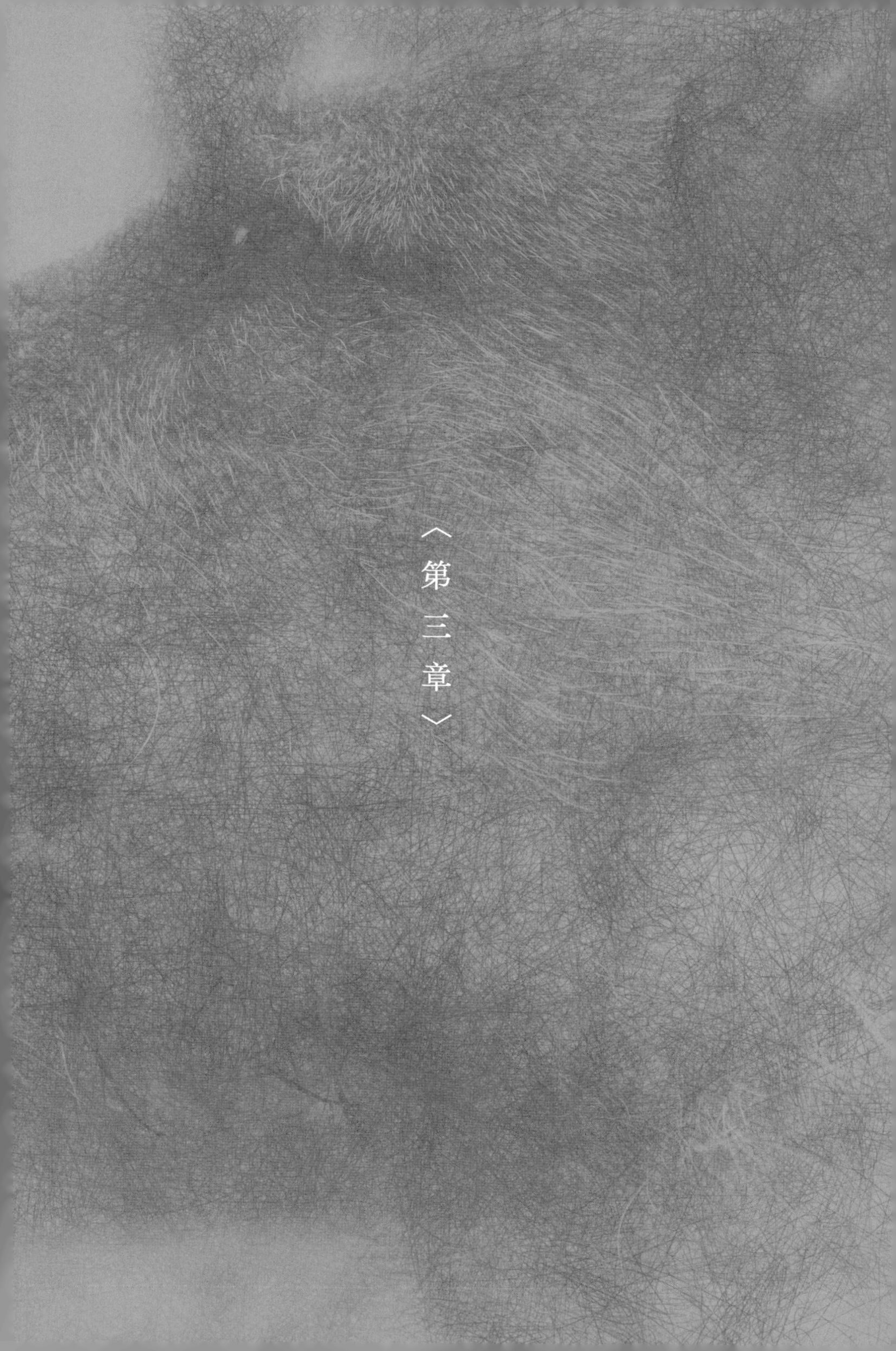

〈第三章〉

強大的原始獸性

巴克強大的原始獸性在艱困的生活模式之下悄悄滋長，而且愈發茁壯。這種新生的狡猾習性反讓牠更為冷靜自持，也因為牠忙於適應新生活，不僅不會主動挑起衝突，還會迴避任何可能產生衝突的機會。牠小心翼翼地調整自己的態度，不急躁地採取任何行動，即便對斯畢茲恨之入骨，也按耐住自己，保持耐性，避免做出挑釁的動作和行為。

但斯畢茲可不這麼想，也許是因為牠把巴克視為一個可怕的敵手，所以從不放過任何可以耀武揚威的機會。牠甚至開始主動挑釁欺負巴克，非要鬥個你死我活不可。要不是那天出了一個大意外，他們倆的戰爭應該早在旅程剛開始時就會發生。那天結束後，他們悽慘地在拉貝爾格湖旁紮營。雪下得很大，寒風刺骨，天色變暗迫使他們不得不開始紮營，情況真的糟到不能再糟了。他們背對一塊岩壁，佩羅和弗朗索瓦不得已地在結冰的湖上鋪上睡袍生火，為了旅行輕便，他們早把帳篷丟在迪亞峽谷了。漂流木生起的火堆因為冰層而熄滅，最後他們只好摸黑用餐。

巴克在岩石的遮蔽處下做了一個自己的窩，溫暖又舒適，所以當弗朗索瓦叫大家去吃烤魚時，牠萬分不情願地離開。沒想到等到牠吃飽回到原位時發現，有人占了牠的窩。牠聽到低吼的警告聲，是斯畢茲。巴克直到現在都避免和這個死對頭硬碰硬，但這次斯畢茲真的太過分了。巴克發出一聲怒吼，然後惡狠狠地撲向斯畢茲，這個舉動讓牠們雙方都很驚訝。尤其是斯畢茲，因為巴克一直都讓他覺得不過就是隻膽小的狗，能夠安然地活到現在，只是因為身材特別魁武罷了。

弗朗索瓦發現他們兩個在亂成一團的窩裡打架互咬時也非常訝異，但立刻就明白事情原委。「喂喂喂！」他對著巴克大喊，「你就把窩讓給牠吧，老天爺啊！就讓給那個該死的小偷吧！」

斯畢茲也絲毫不願意退讓。牠大吼大叫地非常生氣，同時不停地繞圈，尋找進攻的機會。巴克不退讓也不鬆懈，繞圈找尋攻擊的最佳時機點。但意想不到的事就在這個時候發生了。這場意外讓牠們的霸權爭奪戰延遲了很久，直到走過更多路和體驗了更多辛勞後才發生。

營地裡傳來佩羅的咒罵聲，同時聽到棍子打在骨頭上的聲音，還伴隨著淒厲的慘叫，接下來就是一片混亂。寂靜的營地突然活了起來，他們被一群偷偷摸摸又餓壞了的哈士奇包圍，約有八十到一百隻那麼多。牠們在附近的印第安部落聞到營地的味道，趁著巴克和斯畢茲在扭打的時候溜進來，而當佩羅和弗朗索瓦揮舞棍子的時候，牠們還露出獠牙猛力反擊。牠們聞到食物的香味而來，有隻狗發現了食物箱，把頭埋進箱子裡狂吃，佩羅的棍子重重地落在牠消瘦的肋骨上，結果箱子倒了，食物灑了滿地。在那一瞬間，二十來隻餓壞的野獸蜂擁而上，只為了吞下那些麵包和培根。棍子不停地落下，哀嚎聲不絕於耳，但牠們仍舊瘋狂地搶食直到一點都不剩。

於此同時，那些被嚇壞的雪橇犬紛紛跑出狗窩，但被這群凶惡的入侵者襲擊。巴克從沒見過這種狗，牠們瘦骨嶙峋，只有又髒又鬆垮的獸皮包著身體，骨頭彷彿要刺出皮膚。但是眼神如炬，露出尖牙，流著口水。極度的飢餓讓牠們變得瘋狂又可怕，雪橇犬們根本不是對手。第一場對戰，牠們就被逼到懸崖上，巴克一對三，一個瞬間，牠的頭和肩膀就被撕開，劃出一道長長的傷口。打鬥聲非常嚇人，比利和往常一樣只會哀嚎，戴夫和索萊肩並肩勇敢地作戰，身上數十道傷口都滴著血。喬像惡魔一樣地展開攻擊，有一次牠咬住一隻哈士奇的前腿，狠狠地把骨頭都咬斷了。愛裝病的派克立刻撲上那條瘸腿的狗，當場就把牠脖子狠狠撕開。巴克咬住一隻嘴角冒出白沫的狗，在牠牙齒咬進頸動脈時，鮮血的味道在嘴裡蔓延，溫暖的血腥味讓牠陷入更為狂暴的狀態，牠撲向另一隻狗，但同時也感覺被別隻狗咬到自己的喉嚨。是斯畢茲，卑鄙狡詐地從旁邊攻擊了牠。

佩羅和弗朗索瓦把營地整理妥當後趕緊衝去救援他們的雪橇犬。擊退那群飢餓的野獸後，巴克也趁機脱身。但過沒多久，他們兩個人又得衝回營地搶救食物，哈士奇們則折返回去攻擊雪橇犬。比利鼓起勇氣衝出圍攻，往冰上逃竄，派克和達伯跟著牠跑，其餘的雪橇犬們也在後頭跟著。巴克在準備跟上隊伍時，餘光看到斯畢茲向牠衝來，準備把牠撞倒。牠知道一旦倒地，就會被哈士奇們圍攻，絕無生還的機會。所以斯畢茲撞過來時，他努力保持姿勢，幸好還是順利地加入大家的行列，往湖上逃去。

過了一會，九隻狗重新集合，在森林躲避。雖然身後已經沒有敵人追趕，但大家的狀態都十分悽慘。每隻狗身上都至少有四、五道傷口，有些傷得更為嚴重。達伯後腿受了重傷，而最後才在迪亞峽谷加入狗隊的多麗，喉嚨則有嚴重的撕裂傷，喬一隻眼睛瞎了，天性善良的比利，一邊的耳朵被咬得稀巴爛，整晚都在哀嚎哭叫。天色剛亮，他們蹣跚地回到營地，那群強盜已經不見了，但是那兩個人的心情都壞到極點。一半的食物乾糧都被吃了，餓壞的哈士奇們連雪橇上的繩子和帆布都不放過。事實上，只要是能吞下肚的東西牠們都吃，包括佩羅的一雙鹿皮鞋跟皮繩，甚至連弗朗索瓦的鞭子末端都被啃了兩吋。他不再懊惱地盯著皮鞭，轉而檢查狗群的傷勢。

「唉，我的朋友們啊」他低聲地說，「被咬成這樣，你們會不會生病發瘋啊？我的老天啊！你說呢，佩羅？」

信差不確定地搖了搖頭。在抵達道森前還有四百英里的路，要是有狗得到狂犬病他可無法應付。他們邊咒罵邊整理雪橇拉帶，花了兩小時才做好，然後傷痕累累的隊伍又重新上路，忍著疼痛準備踏上整段旅程最艱苦的部分，也就是抵達道森前的路段。

三十哩河因為水流過於湍急沒有結冰，只有在河灣的區塊以及較為平緩的地方才會發現冰層。要走過那艱苦危險的三十英里路，需要花費整整六天的時間，因為當中的每一英尺，都有可能會讓狗或人丟了性命。佩羅在前方探路時，踏穿冰橋數十次，要不是因為他隨身攜帶的長棍能卡在洞口，讓他撐住身體不被沖走，他早就丟了性命。伴隨著寒流來襲，河水溫度經常低於零下五十度，所以每次他跌入河中，都要立刻生火，烤乾衣物才能避免凍死。

但沒有什麼東西能阻擋他，他就是因為什麼都不怕，所以才被選為政府的信差。他不怕艱辛困難，從清晨到黎明都不休息，在酷寒中持續趕路。他沿著彎曲的河岸走著，冰層在他腳下碎裂彎曲，所以他們不敢久留。有一次雪橇掉進裂縫，戴夫跟巴克都落水了，等到牠們被拖出時都已經凍僵去了半條命。一定要生火才能救得了牠們，但牠們身上都結了一層厚厚的冰，所以兩個人讓牠們繞著營火不停地跑，直到冰塊融化冒汗，牠們離火堆太近連皮毛都燒焦了。

還有一次是斯畢茲落水，把牠身後整個隊伍都拖下去了。巴克用盡全力撐住身體，牠的前腿抵著冰層的邊緣，四周的冰塊劈啪作響，碎裂震動。在牠後頭的戴夫，也跟他一樣，用力地往後苦撐。弗朗索瓦也在雪撬後拚命拉住隊伍，牠用力到連肌腱都發出聲音了。

還有一次，前後的冰層都是破的，爬上懸崖是他們唯一的路。幸好跟弗朗索瓦祈禱的一樣，佩羅順利地爬了上去。之後他們用上所有的鞭子，還有雪橇上的綁帶和最後的拉繩做了一條長長的繩子，把狗一隻接著一隻地吊上懸崖，然後再把雪橇跟行李送上去，最後再把弗朗索瓦送上去。接著他們在懸崖上尋找適合垂降的位置，靠著繩子的幫忙，到了晚上他們才回到了河岸邊。那天他們僅前進了四分之一英里。

他們抵達修塔林卡時終於有結實的冰層可以走了，但巴克已經氣力用盡了，其他的狗也差不多。不過，佩羅下定決心要補回之前落後的進度，讓牠們從早到晚拚命趕路。第一天牠們就跑了三十五英里，抵達大鮭魚河，隔天再跑三十五英里到了小鮭魚河。第三天，快馬加鞭跑了四十英里，終於到了五指灘流域。

哈士奇的腳比巴克的結實太多了，因為自從巴克的野狗祖先被穴居或河居人馴服後，牠們的腳隨著時間演進，越變越柔軟。巴克整天痛苦地跛著腳，等到紮營後立刻倒下像死掉般動也不動。雖然肚子很餓，但已經無法走動，弗朗索瓦還得把魚送到牠的面前給牠吃。每天晚餐之後，弗朗索瓦會花半小時按摩牠的四隻腳，甚至還用他自己的鹿皮靴筒做了四隻鞋子給巴克穿，這讓巴克的日子舒服多了。有天早上弗朗索瓦忘記幫他穿鞋，巴克就躺下四隻腳在空中揮舞，要求穿上鞋子。這個舉動難得地讓總是皺著臉的佩羅也露出一絲微笑。之後，牠的腳越來越強壯，鞋子破了也就丟掉，不用再穿了。

某天早上，正當大家在佩利河準備出發時，一直以來都很乖巧的多麗突然發病。牠先發出一聲讓每隻狗都心驚膽顫的長嚎，然後直直地朝著巴克撲了過去。巴克從來沒看過任何發瘋的狗，所以不該感到恐懼，但本能告訴牠要害怕，所以牠驚慌地逃走了。牠筆直地向前飛奔，多麗就在身後追趕著牠，大口喘氣，嘴角還冒著白沫，和巴克的距離就差一步。巴克害怕極了，但也沒辦法甩開牠，牠真的完全瘋了。巴克衝進小島上的森林裡，一路跑到盡頭，再越過一條結冰的小河跨到另一座島上，接著跑上第三座島，再折返繞回主河道，然後奮不顧身地渡河。這麼長的一段時間裡，即便牠沒有回頭，都可以聽到多麗在身後緊追不捨的聲音。弗朗索瓦在四分之一哩外的地方叫牠，牠立刻折返，依舊只比多麗快了一步。牠喘著大氣拚了命地奮力狂奔，只能指望弗朗索瓦會救牠一命。弗朗索瓦擺好姿勢，手拿斧頭，就在巴克一閃而過時，拿斧頭對準了多麗的頭，把發瘋的牠一把砍死。

巴克喘著大氣，蹣跚地走向雪橇，精疲力盡。斯畢茲看準機會，兩次撲向已經無力反抗的巴克，在他身上咬出皮開肉綻、深可見骨的傷口。但弗朗索瓦的鞭子也不留情地往斯畢茲身上招呼。巴克心滿意足地在旁，看著斯畢茲遭受有史以來最嚴厲的處罰。

「那隻斯畢茲像魔鬼一樣，」佩羅說，「總有一天牠會把巴克咬死的」。

「那隻巴克也不是好惹的，」弗朗索瓦回答。「我和牠朝夕相處，我確定，總有一天牠會發瘋，然後把斯畢茲咬個稀巴爛再吐到雪地上。我敢跟你保證。」

自此之後，就是巴克和斯畢茲的戰爭了。對斯畢茲來說，巴克這隻奇怪的南方狗嚴重威脅到牠在整個隊伍領頭狗的地位。在牠原本的認知下，南方狗都是一些瘦弱的軟腳蝦，經不起旅途的辛勞，寒冷以及飢餓。但這個巴克和一般的南方狗不一樣。牠不但在這趟艱辛的旅程中存活下來，甚至還變得跟哈士奇犬一樣強壯、野蠻以及狡詐。巴克生來就是要爭奪領袖的地位，牠之前盲目的膽識還有輕率的行為早就被紅毛衣男人的棍子打掉了，所以牠變得更危險了。牠會靠著傑出的狡詐本能，耐心地等待屬於牠的未來契機。

巴克滿心期待爭奪領袖地位，那是無法避免的一戰，因為這就是牠的天性。牠為拉雪橇而感到驕傲，並被這種無以名狀的心情緊緊綑綁。這種驕傲讓牠不畏艱辛，願意為拉橇付出一切，並在套上雪橇背帶時感到無比欣喜，在卸下時感到心碎憂鬱。掌舵犬戴夫和索萊就是被這種激越的心情驅使，所以牠們在拔營時會從乖戾陰沉的野獸變成野心勃勃且躍躍欲試的生物，這種驕傲讓牠們樂於整天趕路，直到晚上紮營時才會再度回到悶悶不樂的狀態中。斯畢茲也被同樣的驕傲所驅動著，所以牠才會懲罰那些在旅途中闖禍偷懶，或是在早上逃避上背帶的雪橇狗。也是這樣的驕傲心情讓牠害怕巴克搶了牠的領導地位，對巴克來說領頭狗的地位也有一樣的象徵意義。

巴克開始公開挑戰斯畢茲的領導地位。當斯畢茲要調教其他偷懶的狗時，巴克會故意介入搗亂。有天晚上雪下得很大，隔天早上那個愛裝病的派克沒出現。牠安穩地躲在一呎深的雪堆下，對弗朗索瓦的叫聲充耳不聞。斯畢茲氣壞了，跑遍整個營地一邊聞一邊挖，牠生氣的吼叫聲讓躲在窩裡的派克聽了都瑟瑟發抖。

派克終於被找到了，正當斯畢茲要飛撲過去處罰牠時，巴克卻生氣地跳到牠們中間。因為巴克的動作實在太過突然，而且時機抓得非常準確，斯畢茲來不及反應，反被撞倒在地。而本來被嚇到發抖的派克，也就抓準這個機會，衝向跌倒的斯畢茲，早就忘記公平競爭是何物的巴克，也一起撲了上去。弗朗索瓦雖然被這個場景逗樂，但還是秉持一貫的公正作風，狠狠地抽了巴克鞭子。但這樣也沒辦法讓巴克停止攻擊斯畢茲，最後還出動了鞭桿。巴克被打到差點翻過去，然後繼續吃了好幾下鞭子，這個時候斯畢茲也在狠狠地修理多次以下犯上的派克。

接下來的幾天，他們越來越接近道森，巴克則持續在斯畢茲教訓其他狗時搗亂。

但牠很小心，都挑弗朗索瓦不在的時候才會動作。這場巴克暗地挑起的叛亂讓狗隊裡不服管教的情況越來越嚴重，雖然戴夫和索萊不為所動，但是其餘的隊伍變得越來越糟，情勢每況愈下，每天都有爭吵摩擦。巴克不停地製造新麻煩讓弗朗索瓦疲於奔命。這個駕橇人很擔心巴克和斯畢茲間快要發生一場無法避免的生死之爭，他已經多晚在聽到外頭狗群紛擾後，就立刻脫掉睡袍查看，生怕是巴克跟斯畢茲打起來。

但那個契機尚未來臨。他們在一個陰沉的下午抵達了道森。這裡有很多人跟數不清的狗，巴克發現牠們全都在工作，彷彿這就是天生要做的事一樣。牠們長長的隊伍，整天都在主要幹道上奔走，直到夜晚都聽得到隊伍的鈴聲。牠們運送小木屋的建材和柴火，也配送礦坑需要的貨品，就像聖塔克拉拉谷的馬一樣，做著各式各樣的工作。雖然也有一些南方狗的蹤跡，但主要還是哈士奇犬居多。每晚到了九點、十二點和三點的時候，牠們都會唱起一首專屬於夜晚的歌，腔調古怪而神祕，巴克也樂於加入牠們的行列。

北極光在寒冷的天空中燃燒，繁星像霜雪般閃耀，大地凍結在漫天的飛雪下。哈士奇的這首曲子像在傾訴生命的頑強，但用小調唱出再加上如泣如訴的嗚咽，聽起來更像是在低鳴生命的不易和艱辛。這首曲子在遠古時代就存在了，就跟這個物種一樣古老，在那個時候所有的歌都是悲傷的。無數代的狗都把悲傷埋藏在這首曲調中，巴克深受感動。當牠加入吟唱的行列時，牠唱出的是祖先們對於寒冷和黑暗的恐懼及擔憂。被這首曲子打動也代表巴克已完全脫離世世代代在室內享受溫暖火光的日子，轉而回歸到會發出長嚎的原始狀態中。

抵達道森七天後，牠們沿著巴拉克斯陡峭的河岸走上育空雪道，要前往迪亞和鹽水。佩羅這次要配送的文件更為緊急，而且被驕傲驅使，他打定主意要打破以往的旅行紀錄。一週的時間他的狗隊得到了充分休息，狀態恢復的極好，旅途中他們開的雪道也被之後的人踩得更為結實，此外警隊也設置了兩到三處的休息站，讓狗和人都可以獲得補給，讓他們可以輕裝旅行，以上這些條件都讓他覺得這趟旅程會更為輕鬆簡單。

第一天牠們就跑了五十英里抵達六十浬河，到第二天牠們就沿著育空往佩利前進。這麼快的腳程可是讓弗朗索瓦花了不少功夫，因為巴克暗地發起的反叛行動，讓整個狗隊分崩離析。造反狗在巴克的慫恿之下持續搗亂，也不再害怕領頭狗了。大家對斯畢茲的尊敬已經消失無蹤，紛紛挑戰牠的權威。派克有天晚上就搶走牠一半的魚，並在巴克的保護下吞下肚。另一晚達伯和喬和斯畢茲打架，逼得牠不得不放棄懲罰牠們兩個。連天性善良的比利，都不再像從前一樣拚命討好牠。而巴克只要靠近斯畢茲，一定都是齜牙裂嘴的咆哮，牠的行為舉止變得更像一個惡霸，就是專門要跟斯畢茲作對。

秩序的崩壞也影響了其他狗彼此之間的關係。吵鬧爭執的次數變得更加頻繁，讓營地都快變成一個瘋人院了。雖然戴夫和索萊不受影響，但是牠們也對這些沒完沒了的紛爭感到厭煩。弗朗索瓦氣得常常跺腳，嘴巴邊咒罵古怪的髒話，還會煩躁地扯頭髮。他更常用鞭子管教秩序，但這一切都無濟於事，只要他一轉身，狗群就開始作亂。他雖然會用鞭子幫斯畢茲撐腰，但是巴克總會暗地裡慫恿其他的狗繼續造反，弗朗索瓦知道這一切都是巴克搞的鬼，但巴克已經學聰明了不會被弗朗索瓦抓個正著。牠在拉雪橇的時候認真工作，因為這樣的辛苦已經成為牠的樂趣，而悄悄地興風作浪讓大家吵成一團，把背帶弄亂則變成更大的樂趣。

有一天他們在塔基納河口，晚餐之後，達伯發現一隻雪兔，但是失手沒抓到。那個當下整個狗隊都陷入混亂，而在百碼外的西北警署營地，裡頭的五十隻哈士奇犬也都加入追逐的行列。那隻雪兔衝向河道，轉身跳上一條結冰的小溪，不停地向前跑。兔子在雪地上奔跑十分輕巧，但後頭的狗群卻需要拚盡全力才能夠破雪前進。巴克領著六十隻狗組成的龐大隊伍，左拐右彎，但就是追不上那隻兔子。牠心急地低吼，壓低身體繼續往前奔跑，精壯優美的身體在銀白色的月光下，不停地向前飛奔跳躍，那隻雪兔則像個雪白色的幽靈，若隱若現地在牠眼前狂奔。

這種對殺戮和血腥的渴望是一種原始本能，如同人類離開喧鬧的城市，進入森林用鉛彈打獵一樣。只是巴克的本能更加原始。牠跑在狗群最前方，拚命追趕，要用自己的牙齒殺死獵物，讓溫熱的血液噴濺在臉上。

體驗到生命力的巔峰會使人陷入狂喜的狀態，而這也是一種似是而非的生命悖論。當人感受到生命力的癲狂時，人在那個當下會完全忘記自己還活著。藝術家就是靠著這種激越的心情忘情地在畫紙上揮灑，士兵在戰場上奮勇殺敵，也是這種心情讓巴克領著狗群，發出狼嚎，拚命追趕在月光下逃竄的獵物。牠自然地回應身體裡的原始本能，那是在孕育時期就埋藏在身體的覺知，比自己更為深刻。在最純粹的本性以及生命的浪淘驅動下，巴克在星光下和死寂的雪地上奮力獵捕的身影，讓牠身上的每條肌肉，每段筋骨和每塊關節都散發出耀眼奪目的生命力。

即便在這樣的心情之下，斯畢茲卻仍然冷靜又精於算計。他離開狗群，在溪流轉彎的地方逕直向前跑。巴克沒有注意，還是順著地勢轉彎，落後幽靈一樣的雪兔幾步。此時另一個更大的幽靈從上方的河岸飛身而下，就落在雪兔前方。是斯畢茲！那隻兔子來不及轉彎，就在空中被雪白的牙齒一把咬住身體，發出了像人一樣的尖叫聲。這是生命從頂端墜落到死亡幽谷的聲音，而整個狗群在聽到這個聲音後，響起了一陣地獄才有的輓歌。

但巴克沒有出聲，也沒有停留，牠直直地往斯畢茲撞過去。因為用力過猛只撞到肩膀，反而沒咬到喉嚨。牠們在雪地中滾了好多圈，斯畢茲立刻跳起身，就像從沒被撞倒在地似的，然後向前咬了巴克的肩膀再快速跳開。牠向後站穩腳跟，皺起薄薄的兩片嘴唇，露出了像鐵夾子般的上下白牙，咆哮大吼。

巴克立刻知道，時候到了，牠們即將一決勝負。當牠們倆繞圈吼叫，壓低耳朵，尋找最佳攻擊時機時，巴克覺得這一幕相當熟悉。牠似乎全都想起來了，白色的樹林、大地、月光還有伴隨而來的戰慄之情。在一片潔白和絕對的寂靜下，沒有一絲風聲，一切都靜止了，連樹葉都不再顫動。狗群呼出的空氣形成了白煙，在寒冷的空氣中飄盪。這群狗，更像是未馴化完全的狼，三兩下就把那隻雪兔吃掉了，牠們圍起了一個圓圈，像是在期待些什麼，同時保持完全的安靜，只剩下閃爍的眼睛和幻化成白煙的鼻息，緩緩向上飄散。對巴克來說，這古老的場景既不新鮮也不陌生，彷彿事情就該是這樣發生的。

斯畢茲是一個訓練有素的戰士。從斯瓦爾巴島到北極，再從加拿大到荒地區域，牠都順利治服了所有的狗，成為牠們之中的領袖。再怎麼怒火中燒，牠從不盲進，雖然迫不及待要手撕仇敵，但牠知道牠的對手也懷抱著相同的心情。牠在沒準備好前不會貿然進攻，也不會主動出擊。

巴克就是無法咬到那隻雪白大狗的脖子。每次牠快要咬到斯畢茲時，牠的對手都有辦法阻擋。牠們牙碰牙，嘴唇都流血撕裂了，但巴克就是無法突破斯畢茲的防線。於是牠怒不可遏地繞著斯畢茲，發動一連串的猛力攻擊，就當牠快要咬住對方最脆弱的喉嚨時，斯畢茲總有辦法反擊然後脫身。巴克接著假裝要攻擊對手的喉嚨向前猛衝，接下來一個瞬間，牠縮頭轉身，用肩膀用力撞上斯畢茲的肩膀，希望能把牠撞倒。沒想到，斯畢茲反而藉著這個機會咬了巴克的肩膀一口，再快速地跳開。

斯畢茲毫髮無傷，但巴克身上卻傷痕累累，血跡斑斑。這場戰鬥越來越危急，而那群像狼的狗正等著牠們倆分出勝負，之後一舉消滅輸家。巴克的狀態越來越差，斯畢茲則藉機向前猛攻，讓巴克步履蹣跚，搖搖晃晃。有一次巴克被撞翻在地，圍成一圈的六十隻狗馬上起身，但巴克幾乎在空中就立刻調整好姿態站直身體，狗群就再趴回原地等待結果。

想像力是巴克眾多的優點之一。牠雖然在用本能戰鬥，但牠也能用腦子思考。牠快速往前衝去，假裝要施展之前撞肩膀的舊招數，但在最後一刻，牠壓低身體改往雪地鑽去，接著牠用牙齒咬住了斯畢茲的左前腿。喀啦一聲，骨頭碎了，那隻白色的大狗只剩三條腿應戰。然後他又試著撞倒斯畢茲三次，再用同一招把斯畢茲的右前腿也咬斷了。儘管痛苦難當又情勢絕望，但斯畢茲還是拚拼命掙扎試著起身。牠看著噴著白色鼻息的狗群，那個有著無數閃爍雙眼，舌頭伸長又悄然無聲的圓圈，就像過去曾包圍過其他輸家的圓圈，只是這次，落敗的是牠。

斯畢茲是無法逃出生天了，但巴克不為所動。憐憫之心在這種地方毫無用武之地。牠準備使出最後一擊，牠們身後的圓圈已經收緊到牠可以感覺到哈士奇吐在牠背上的氣息。牠看得出來牠們圍在斯畢茲的身後和兩側，雙眼緊盯著牠，半屈著身體準備往前跳。時間就像被按了暫停鍵一樣，每隻狗都靜止不動，像是一顆石頭。只有斯畢茲豎起背上的毛，渾身發抖，踉蹌地移動，同時發出威嚇的吼聲，彷彿這樣就可以嚇跑即將到來的死神。接著巴克撲了過去，用肩膀撞倒斯畢茲，然後跳出圓圈。在灑滿月光的雪地上，圓圈成為一個黑點，而斯畢茲也消失在眼前。巴克站在一旁冷眼旁觀。他完成了殺戮，獲得了勝利，成為擁有領導地位的王者，一切都感覺十分美好。

〈第四章〉

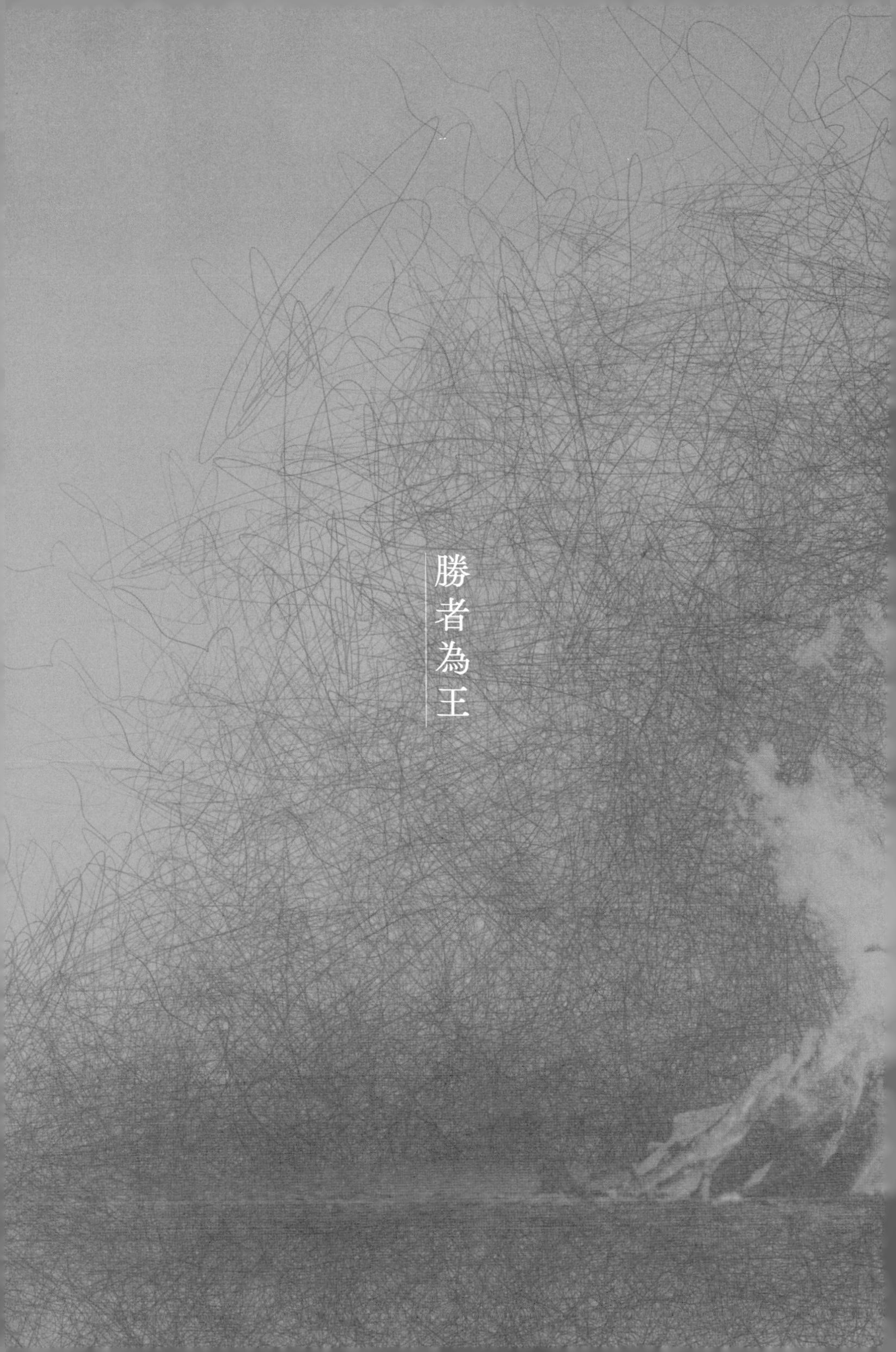

勝者為王

「你看，我當初是怎麼說的？我說那隻巴克更不好惹。」弗朗索瓦隔天早上說，那時他發現斯畢茲不見了而巴克渾身是傷。他把巴克拉到營火旁仔細檢查身上的傷勢。

「斯畢茲打得很兇。」佩羅邊說邊查看巴克身上的撕裂傷和咬痕。

「巴克回擊得更兇。」弗朗索瓦回答，「現在我們可以安心了，沒了斯畢茲就一定沒問題了。」

佩羅在收拾營地裝載雪橇，弗朗索瓦則在給狗群們上拉繩。他沒注意到巴克往最前頭的領導位置跑去，帶著索萊向前走，因為牠認為索萊才有資格成為下一隻領頭狗。巴克生氣地撲向索萊，把牠趕回原來的位置。

「欸？什麼？」弗朗索瓦樂不可支地拍著腿大喊。「你看這隻巴克，牠覺得殺掉斯畢茲後就可以站到牠的位置了」

「走開，去！」他大喊，但巴克拒絕離開。

他抓著巴克的脖子，不顧巴克抗議的低吼，把他拖到一邊，然後把索萊換到前方。那隻老狗不太情願，而且明顯表現出懼怕巴克的模樣。弗朗索瓦相當固執，只不過等他一轉身，巴克又把索萊趕走站在前頭的位置，索萊也樂得如此。

弗朗索瓦非常生氣，「快點走開，我要揍你了！」他大吼，手上拿來一根粗重的木棍。

巴克想起了紅毛衣的男人，所以緩緩的退下，在索萊被換上去的時候也沒有再撲過去。牠小心地在棍子打不到的地方一邊繞圈，一邊生氣地低吼，牠已經知道棍子的威力，所以緊盯著那根木棒，以免弗朗索瓦拿棍子丟牠。駕橇人繼續幫狗群做準備，然後他叫著巴克，準備讓牠站到戴夫前頭的老位子。巴克往後退了兩三步，弗朗索瓦跟著往前，但巴克繼續往後退。過了一會兒弗朗索瓦把棍子丟了，猜想巴克應該是怕被打。但巴克的公開反抗不是因為怕被打，而是因為牠想要成為領頭狗。這是牠贏來的權利，牠不願意委屈自己。

佩羅也插手了。他們倆追著巴克浪費了一個多小時。他們拿棍子丟牠，牠躲開，他們咒罵巴克的列祖列宗，對著牠裡裡外外地破口大罵，而巴克跑得遠遠地用咆哮大吼回敬。牠不想要逃走，而是在營地附近徘迴，清楚地告訴他們只要讓牠站上領頭狗的位子，牠就會乖乖回來。

弗朗索瓦坐下搔頭，佩羅看著手錶生氣咒罵。時間過得飛快，他們一小時前就該上路了，弗朗索瓦又抓了抓頭，看著佩羅露出無可奈何的笑容，佩羅聳了聳肩表示已經無計可施了。接著弗朗索瓦走向索萊的位置把巴克叫了過來。巴克露出了狗的笑容，但還是保持一定的距離。弗朗索瓦解開了索萊的背帶，把牠帶回原本的位置。整個狗隊全都上好雪橇拉繩準備上路，而巴克的位置就在最前方。弗朗索瓦又叫了一次，巴克又笑了但還是保持距離。

佩羅說，「把棍子丟了。」

弗朗索瓦照做了，然後巴克帶著勝利的笑容小跑了過來，在最前方的位置打轉。牠的背帶繫好了，雪橇隊上路了，兩個人跑了起來，旅程終於開始了。

上路沒多久後，弗朗索瓦就發現他嚴重低估巴克這個惹不起的傢伙了。巴克把領導狗的角色做得非常好，判斷不但十分精準，動作也非常迅速，甚至比斯畢茲還要厲害，他可從沒看過任何可以和斯畢茲相提並論的狗。

巴克最厲害的地方就是可以讓其他的狗對牠言聽計從。戴夫和索萊對於領導權轉移沒什麼意見，那完全不關牠們的事。牠們唯一要做的事就是，用盡全力地拉著雪橇，只要不影響牠們的工作，牠們什麼都不在乎。就算是換上天性善良的比利來領導大家，只要牠能維持秩序，牠們也都無所謂。但是狗隊的其他成員，在斯畢茲領導的最後一段時間變得非常不聽話，所以大家都非常驚訝巴克竟然在這麼短的時間內，就能讓狗隊回到原先的良好狀態。

跟在巴克後頭拉橇的派克，除非萬不得已從不多花一分力氣在工作上。巴克數次快速又立即地教訓牠，讓牠沒辦法偷懶。第一天還沒過完，牠花在拉橇上的力氣就比這一輩子還多了。第一天晚上紮營的時候，陰沉的喬也被狠狠地教訓了一頓，這是斯畢茲從來沒成功的事。巴克靠著體型的優勢讓喬喘不了氣，逼得牠不再亂咬，轉而求饒。

狗隊的秩序立刻回復到原先的良好狀態，大家齊心協力地拉橇。牠們在林克灘又增加了兩隻哈士奇狗，提克和庫娜，巴克治服牠們的速度之快，讓弗朗索瓦都驚訝不已。

佩羅也同意，他們已經破了紀錄，前進的速度比以往都快得多。雪道的狀態結實又堅固，沒有繼續下雪，氣溫也不再下降，整趟旅程都維持在零下五十度左右。他們倆個人交換駕橇和奔跑，狗隊則持續向前，偶而停下歇息。

三十浬河差不多都結冰了，來的時候需要十天，現在一天就跑完了。牠們一口氣從拉貝爾格湖跑了六十英里抵達白馬灘。接著跨越馬歇爾、塔吉什和班尼特（總長七十英里的湖泊區），牠們的速度快到負責奔跑的人得拖著雪橇後的繩子前進。第二週的最後一晚，牠們翻過懷特隘口，一路向下抵達海邊，映照著史凱威小鎮燈光的港口就在牠們的腳下。

這是破天荒的紀錄，牠們在兩週的時間內，平均每日跑了四十英里。接下來的三天，佩羅和弗朗索瓦在史凱威鎮上有喝不完的免費啤酒，馴狗人和駕橇員都在討論他們的狗隊有多麼地了不起。接著出現了三、四個壞人想要洗劫這個小鎮，在被打得落花流水後，全鎮的重心才轉到別的對象身上。接下來他們收到了官方通知。弗朗索瓦把巴克叫過去，抱著牠哭了一場。這是巴克最後一次見到佩羅和弗朗索瓦，和其他的人類一樣，他們永遠離開了牠的生命之中。

一個蘇格蘭混血兒接手了整個狗隊，再加上其他的十二條狗，他們要踏上返回道森的辛苦旅程。這次不是輕裝上陣，也不會打破紀錄，只剩下沉重的雪橇要拖行，因為他們這次運送的是從世界各地而來的郵件，給那些在北極陰影下淘金的旅人。

巴克不喜歡這個工作，但他還是打起精神，仿效戴夫和索萊的精神，不管是否以這份工作為傲，都努力盡到自己的本分。這個生活規律又單調無聊，日復一日每天都是一樣的公式。早晨廚師會在某個時間點起床生火，然後吃早餐。接著一些人收拾營地，一些人幫狗隊整裝。上路約一個小時後，夜色退去迎接曙光。入夜後紮營，有些人搭帳篷，有些人劈柴，撿拾松枝鋪床，另一些人則幫廚師取水做飯。狗隊也會在這個時候吃東西，對牠們來說，這是一整天的重頭戲，然後牠們有一小時的放風時間可以跟其他一百多隻狗自由行動。牠們之中也有不少驍勇善戰之輩，在經過三次激烈的打鬥後，巴克成為狗群的領袖。自此之後，一旦牠豎起背上的毛露出牙齒時，就沒人會來找牠麻煩。

牠最愛做的事就是趴在火堆旁，後腳蜷曲在身體下，前腿伸直，抬著頭，半夢半醒地盯著火光。有時候牠會想起法官米勒的那棟房子，那在陽光普照的聖塔克拉拉谷的大房子，有著水泥砌成的游泳池，還有墨西哥無毛犬——伊莎貝拉跟日本巴戈狗土茲。但牠更常想起的是，那個穿紅毛衣的男人、慘死的捲毛，跟斯畢茲的大戰，還有牠吃過和想吃的好東西。牠沒有想家，那個陽光普照的地方既模糊又遙遠，對牠沒產生什麼影響。反而是遺傳而來的身體記憶讓牠對從未見過的東西有了似曾相識的感覺，這種從祖先習性中遺留下的本能，在未來的日子裡，會更快速和鮮明地在牠身上顯現。

有些時候，當牠躺在火堆前半夢半醒盯著火光時，牠看到的是另一團火光，前面的男人變成一個和混血廚師不同的人。那個男人的腿比較短，手比較長，肌肉並非飽滿圓潤，而是結塊又細長。頭髮髒亂結塊，底下的額頭窄又斜。嘴裡發出奇怪的聲音，感覺非常懼怕黑暗，時時刻刻保持警戒。手長過膝，還抓著末端綁著一顆大石頭的棍子。他幾乎全裸，只有一片破爛的獸皮掛在腰間，毛髮佈滿胸口肩膀，以及手臂和大腿外側，就像一層濃密的毛皮。他無法直立，上半身微微向前傾斜，膝蓋也沒辦法打直。那種敏捷的姿態，就像一隻貓一樣，而且特別謹慎小心，像是一個永遠活在未知危險中的人。

有的時候，這個毛髮濃密的男人會蹲坐在火堆前，把頭埋在雙腿間睡覺。他總是把手肘放在膝蓋上，雙手交疊抱住頭頂，像是在用佈滿毛髮的手臂遮雨一樣。在那團火光後頭，黑暗中巴克看到很多閃閃發亮的炭火，雙雙對對，牠知道那是猛獸在盯著獵物的眼睛。牠也聽得到牠們的身體擦過灌木叢，以及在夜晚發出的聲音。在育空河岸，望著營火半夢半醒地做著這樣遠古時代的夢，那些聲音和景象總讓他背上的毛全都豎直了起來，直到牠開始在夢裡嗚咽，低聲嚎叫，那個混血廚師就會把牠叫醒「嘿！巴克，快點醒來。」接著那個世界就消失了，現實的世界再度回到眼前。牠會起身打個呵欠，伸個懶腰，就像是睡了一場覺一樣。

這是一段艱辛的旅程，拖著沉重的郵件讓牠們疲累不堪。等牠們抵達道森的時候都瘦了很多，而且狀態很差。照理來說應該至少要休息七到十天，但短短兩天後牠們就再度帶著郵件從巴拉克斯離開，沿著育空河出發了。狗隊都很累，駕駛們也滿腹牢騷。但就好像事情還不夠悽慘一樣，接下來的每一天都在下雪。這代表雪道變得很鬆軟，上路時阻力會更大，狗隊就需要花更多的力氣來拖動雪橇。但駕橇員們整趟旅程都很用心，而且盡了全力。

照顧狗隊是每晚駕駛們的首要任務。狗隊比他們還早吃，而且沒把每隻狗的腿妥善照顧好，駕駛們是不會去睡的。即便如此，他們的體力還是急速下降。自從冬天開始，他們已經拖著雪橇走了長長的一千八百英里，這一千八百英里可是連最能吃苦耐勞的生物都無法承受。巴克勉強支撐，並且盡責地管理秩序，但是連牠也已經非常疲憊了。比利每晚都在睡夢中哀嚎，喬脾氣變得更差，而索萊不管是不是瞎了的那一側，都不讓任何狗靠近牠。

戴夫是狀態最糟糕的。牠生病了，變得更憂鬱和易怒，一紮營就立刻做窩休息，躺在裡頭讓駕駛餵牠吃晚餐。還有一次卸下背帶後直接躺下，到隔天早上出發前都沒辦法起身。還會因為雪橇突然停止或是起動時被繩子扯到而痛到慘叫。駕駛仔細地檢查了一番，但是沒辦法找到問題所在。每個駕駛都開始對牠的情況感到興趣，他們會在晚餐和睡前的休息時間討論。某晚還舉行了一次會診，把牠從窩裡抱到營火前面仔細按壓查看，讓牠痛叫了好幾次。是身體裡出了問題，但他們沒能找到斷掉的骨頭，不知道到底發生了什麼事。

等牠們抵達卡斯爾巴爾時，牠已經虛弱到一直在路上跌倒。那個蘇格蘭混血兒停下隊伍想把索萊換到牠的位置上，他的本意是希望讓戴夫跟在雪橇後頭好好休息。但是即便生病了，戴夫還是痛恨離開雪橇隊伍。被卸下綁帶時牠低吼表示抗議，等到索萊被換到牠原本的位置時則發出讓人心碎的嗚咽聲。因為拉雪橇是牠生命的意義，也是引以為傲的事情，就算是快要病死了，牠也無法接受別的狗代替牠。

當雪橇隊再次上路時，牠蹣跚地跟在雪道旁，又是咬又是撞地想把索萊趕走撞倒，還拚命地往拉繩裡頭跳，想要重新回到自己在雪橇前的位置，因為傷心而一直哀嚎嘶叫。揮舞鞭子想把牠趕走，但是戴夫一點都不在乎抽在身上的鞭子，而蘇格蘭混血兒也不忍心再往死裡打了。戴夫拒絕乖乖地跟在雪橇後頭，堅持歪歪倒倒地走在最費力難走的蓬鬆雪道上。直到牠氣力用盡倒地不起，後頭長長的隊伍經過牠的身邊，聽著牠傷心痛苦的悲鳴。

牠用盡最後一絲力氣，勉強跟上隊伍到了下一個休息站，然後蹣跚地走向自己的雪橇隊，站到索萊旁邊。駕駛員因為跑到後頭向別人借火抽菸，耽擱了一會兒，等到他回到隊伍中拉動韁繩，狗隊邁開步伐時竟然毫無動力，他們回頭才發現令人驚訝的事。駕駛員也吃了一驚，他還把其他人也叫來看看發生的事情。原來是戴夫把索萊的拉繩咬斷了，所以雪橇完全沒動，然後牠就站在雪橇的前頭，也就是牠之前的老位置。

牠用眼神哀求回到原來的位置，讓駕駛員也不知道該怎麼辦了。駕駛的同伴告訴他，有的狗會因為無法拉橇而傷心致死，還提到曾經有些狗因為受傷或是年紀太大，沒辦法拉橇而死去。他應該要在戴夫臨死之前，成全牠的心願，讓牠死在拉橇的途中。所以他再次幫戴夫上了背帶，讓牠可以像過去一樣繼續驕傲地拉著雪橇前進，雖然好幾次牠都因為內傷，無法控制地痛苦大叫。牠也摔倒被拖行了好幾次，有一次雪橇還壓過牠的後腿，讓牠之後只能一瘸一瘸地走。

但牠還是撐到了紮營時，駕駛在營火前幫牠找了一塊空地休息。隔天早上牠已經虛弱到無法前進。在幫狗隊上背帶時牠試著走向駕駛員，歪歪倒倒地起身，但又無法控制地倒了下去，然後牠用前腿拖著身體一吋一吋地向前移動，爬到其他狗上套繩的地方。但是牠再也沒有任何一絲力氣了，只能躺在雪地裡喘著氣，直直地盯著大家，這是牠的同伴們對牠最後的印象。但是牠哀戚的長嚎聲，直到牠們越過河邊的一排樹林時，仍然響徹雲霄。

雪橇隊停了下來。蘇格蘭混血兒慢慢地往他們之前的營地走去，所有的人都停止交談，然後槍聲響起。那個男人快步地走回來，鞭子再度揚起，鈴鐺悅耳的聲音響起，雪橇在雪道上晃動前進。但是巴克知道，每隻狗都知道，在那片樹林裡發生了什麼事。

〈第五章〉

艱辛的拉橇旅程

離開道森三十天後，巴克和隊友運送的鹽水郵政抵達了史凱威鎮。他們的狀態都很糟，每隻狗都精疲力盡快要撐不住了。巴克從一百四十磅瘦到只剩下一百一十五磅，其他體重本來就比較輕的狗，瘦了更多。愛裝病的派克，之前總是假裝腿受傷，現在是真的沒辦法好好走路了，索萊瘸了，達伯的肩膀則是嚴重扭傷。

牠們的腿都痛到受不了，所有的彈性都沒了。腳重重地踏在雪道上，身體得吸收更多衝擊和壓力，每天的旅程變得更加辛苦。除了極度的疲勞外，牠們的身體沒有其他毛病。而這不是休息幾個小時就能恢復的事，因為牠們的疲勞並非短期的大量勞動所造成，而是幾個月內長途跋涉所累積下來的。身體裡最後一絲力氣都被榨乾了，每塊肌肉，每條纖維，每個細胞都在抗議，急需休養。因為牠們不到五個月就走了兩千五百英里，在最後的一千八百英里時只休息了五天。等到達史凱威鎮上時，很明顯整個狗隊只剩一口氣了，牠們幾乎沒辦法拉直韁繩，在下坡時也只能勉強躲開滑行的雪橇。

「再走幾步，可憐的傢伙們」牠們步履蹣跚地走上史凱威鎮大街的時候，駕駛試著鼓勵他們。「這是最後一段路了，然後我們就會休息，好嗎？我們一定會好好休息一段時間的。」

駕駛們也滿心期待接下來能長長地休息一下，畢竟牠們在一千兩百英里的路程中只停過兩天，所以牠們理應能好好休息一段時間。但是湧入克朗代克的人實在太多了，那些無法一同前來的親友和太太們都在家鄉等待消息，要寄送的郵件加上公文已經推積如山。在哈德森灣還有很多體力充沛的狗，可以代替那些上不了路的狗。反正只要把那些沒用的狗賣了就好，牠們也值不了幾個錢了。

過了三天，巴克和牠的隊友們才發現自己有多麼疲憊不堪和虛弱。到了第四天早上，兩個美國人用非常便宜的價錢，把所有裝備和整個狗隊都買了下來。那兩個人的名字是「哈爾」和「查爾斯」。查爾斯是一個淺膚色的中年男子，有一雙漫著水氣的懦弱眼睛，還有一把亂糟糟的鬍子，遮住了他有氣無力的下垂嘴巴。哈爾則是一個十九或二十歲的年輕人，身上的皮帶塞滿了彈藥，還插著一把柯爾特左輪手槍和獵刀。那條皮帶是他全身上下最顯眼的地方，讓人一眼就看出他的幼稚和天真。兩個人看起來都像走錯地方，他們來到北方的原因讓人完全摸不著頭緒。

巴克聽到討價還價的聲音，然後看到政府人員收了錢。他知道愛爾蘭混血兒跟駕橇的司機們就像佩羅、弗朗索瓦還有其他人一樣，都永遠離開了牠的生命。

牠和牠的同伴們被帶到新主人的營帳。巴克看到亂糟糟的營地，帳篷鬆鬆垮垮，一堆沒洗的碗盤，所有東西都亂七八糟。還有一個叫做「瑪賽迪絲」的女人，她是查爾斯的太太，哈爾的姊姊，他們是一家人。

巴克擔心地看著他們收拾帳篷，把東西放到雪橇上。他們很努力地收拾，但實在是事倍功半。收好的帳篷一團亂，比原來應該有的體積大了三倍，餐具沒洗就打包。瑪賽迪絲一直猛出主意，干擾其他人做事。他們把衣物袋子放到雪橇的前頭時，她說那應該要放在後面，等到他們放到後面，上面還疊了其他的東西後，她發現有東西非得放到衣服袋裡，所以他們又得把東西卸下來。

三個男人從附近營地走出來看到他們，笑著使了眼色。

「你們的行李可真多」其中一個男人說。「雖然這裡沒有我說話的餘地，但如果我是你，我不會帶上那頂帳篷。」

「怎麼可能！」瑪賽迪絲不悅地揮了揮優雅的手，喊了出聲。「沒有帳篷該怎麼辦啊？」

「已經春天了，天氣會越來越暖活的。」那個男人回答。

她果斷地搖了搖頭，查爾斯和哈爾就把最後的東西再放到那成堆的行李上。

「你們覺得這樣走得動嗎？」其中一個男人問。

「為什麼會走不動？」查爾斯沒好氣地回答。

「喔，沒事沒事。」那個男人急忙和氣地說。「我只是問問，因為上面看起來比下面重了一些。」

查爾斯轉過身把拉繩儘可能地綁緊，但當然綁得很差勁。

「那些狗兒當然可以拖著這些東西走一整天。」另一個人肯定地說。

「那當然！」哈爾冷淡地說，一手抓著雪橇的握把，一手拿著鞭子。「走！」他大喊，「快點走！」

狗隊一躍而起，背帶拉緊用力拉著雪橇往前，但過一會兒就放棄了。牠們拉不動。

「這些懶骨頭，我要給牠們好看！」他大吼，準備用鞭子教訓牠們。

但瑪賽迪絲大喊「喔，哈爾，不可以這樣。」她邊說邊把他手上的鞭子拿走。「這些可憐的狗兒！你一定要答應我不會虐待牠們，不然我就不走了。」

「別自以為你了解狗」她的弟弟回嘴。「管好自己就好，我知道牠們就是懶惰，要用鞭子給牠們好看才行。這就是管教牠們的方法，你去問問其他人就知道了。」

瑪賽迪絲哀求地看著他們，不願狗兒受苦的神情寫在美麗的臉上。

「如果你們想知道的話，是因為牠們都很虛弱。」其中一個男人說。「精疲力盡了，所以才會這樣。牠們需要妥善地休息。」

「休息個鬼！」哈爾用那張沒有鬍子的嘴說。瑪賽迪絲聽到後傷心又痛苦地「喔！」了一聲。

但她非常護短，所以馬上袒護哈爾，尖銳地回話「別聽那些人說的話。」「你是駕橇的人，你覺得該怎麼對那些狗就怎麼做吧。」

哈爾的鞭子再度落到狗群身上。牠們拉緊背帶，身體壓低用力往前，腿都陷到雪堆裡了，但是雪橇還是跟船錨一樣文風不動。試了兩次之後，牠們站著大力喘氣就一動不動了。鞭子還是無情地持續落下，瑪賽迪絲又介入阻止。她跪在巴克前面，含著眼淚用手抱住牠的脖子。

「你這可憐的小寶貝，」她同情地哭著說，「你再多用點力拉嘛，要不然會繼續被打喔。」巴克不喜歡她，但牠已經累到無法拒絕，只好把這件事也當作今天必須忍受的工作之一。

有個旁觀者一直憋著不口出惡言，終於忍不住了說：

「不是我想多管閒事，但是看在狗的份上我想說，如果你們能鬆動雪橇下的滑板，他們就不會這麼費力了。現在是因為滑板凍住了所以才拉不動，你如果能用力抓著握把，左右搖晃一下，應該就可以把冰鬆開了。」

他們又試了第三次，這次終於成功了。哈爾照著旁人的建議，順利讓結冰卡住的滑板鬆開。超載又過重的雪橇終於動了，鞭子還是如雨點般落下，巴克和夥伴們奮力掙扎往前。前頭一百碼的地方，要先過一個很陡的急轉彎，才能走到主街上。在這種地形要讓頭重腳輕的雪橇保持平衡，駕駛員需要高超的技術，但是哈爾可沒有這種能耐。所以轉彎的時候，雪橇倒了，上面一半的行李都從鬆鬆的綁繩上掉了下來。狗隊完全沒停下來，變輕的雪橇在他們身後飛了起來，因為受到虐待又拉著超重的雪橇，牠們都非常生氣。巴克非常憤怒，牠邁開腳步快跑，整個隊伍也跟在牠身後。哈爾大叫「喂！喂！」但牠們還是繼續向前，後來哈爾被絆倒，整個雪橇壓過他的身上，狗隊還繼續往史凱威鎮上的大街快跑，一路上把所有剩下的行李都灑出來了。

好心的市民幫他們把狗抓住，再把散落的行李撿起來，還給了他們一些建議。他們說如果要順利抵達道森的話，行李要減半，還要把狗的數量加倍。哈爾和他的姊姊以及姊夫不情願地把帳篷搭起來，開始檢查所有裝備。他們翻出的罐頭讓周圍的人都笑了，因為罐頭食物在這條雪道上是想都不敢想的事。一個幫忙的人笑著說，「開旅館才需要這麼多毯子，就算一半也太多了。把它們處理掉吧。帳篷和餐具也丟掉，反正沒人有時間洗。老天啊，你們以為是搭高級火車旅行嗎？」

所以他們終於開始處理那堆過多的行李。瑪賽迪絲哭著看著她的衣服袋子被丟到地上，然後東西一件件被處理掉。她為了整件事情哭，也為了被丟掉的東西而哭。她手抱著膝蓋前後搖晃，哭得聲嘶力竭，宣稱她不走了，就算有一打查爾斯她也不跟他走了。她對每個人和每樣東西哭訴，但到最後還是擦乾眼淚開始檢查行李，最後甚至把那些絕對不可以缺少的衣物都丟了。處理完自己的東西後，在興頭下她像一陣旋風，甚至開始檢查起其他人的衣物了。

東西整理完後，就算丟了一半，他們剩下的東西還是非常可觀。查爾斯和哈爾晚上又出去買了六隻外來狗。現在他們是一個有十四隻狗的隊伍，其中包含原先的六隻成員，還有林克灘破紀錄旅行時加入的兩隻哈士奇犬——提克和庫娜。那些外來狗，雖然一落地就被馴服了，但實在派不上用場。其中三隻是短毛獵犬，兩隻混種狗，一隻紐芬蘭犬。那些新來的狗什麼都不會，巴克和牠的同伴看到牠們就討厭，雖然很快就收服了牠們，但牠就是沒辦法教會牠們該做的事。牠們對在雪道上奔跑拉橇沒有任何興趣，除了兩隻混種犬以外，其他的狗因為野蠻的陌生環境，加上時常遭受虐待，早就被折磨到意志消沉，無所適從。而那兩隻混種犬則毫無精神，瘦到只剩下一把骨頭。

新來的狗狀態悽慘又可憐，原本的成員則因為二千五百英里的長途跋涉疲憊不堪，整個隊伍前景堪憂。但那兩個男人卻非常興奮又得意，因為那些翻過隘口要前往道森，或從道森而來的雪橇隊，沒有一個像他們一樣有十四隻狗。但在北極旅行，不用十四隻狗拉雪橇是有原因的，因為雪橇根本無法裝載足夠的狗糧。但是哈爾和查爾斯不懂這個道理，他們僅簡單地用紙筆計畫旅程，一隻狗吃多少，有多少隻狗，多少天，如此所以然後得證。瑪賽迪絲在後頭點頭表示了解，一切都是這麼簡單直接。

隔天上午巴克領著隊伍出發。整個隊伍死氣沉沉，完全沒有興奮之情。他們都累到半死。這條鹽水到道森的路他已經來回走了兩趟，又累又厭倦，膩到不想再走了。他無心工作，大家都無精打采，新來的狗害怕又膽怯，而原本的成員則對新的主人一點信心都沒有。

巴克隱約地感覺到無法依賴那兩男一女。隨著日子一天天過去，她發現他們不光是什麼都不會，也什麼都學不會。做什麼事情都毫無紀律又雜亂無章，光搭起一個亂糟糟的帳篷就花了大半夜，隔天再花半個上午的時間，拆掉帳篷跟裝載雪橇。因為做事太隨便，接下來的一整天還要時不時的停下來，重新整理雪橇上亂七八糟的行李。有些日子一天走不到十英里，有的時候根本沒出發。而他們依狗糧計算的路程，則是連一半都沒有走到。

狗糧短缺是可預見的事，但他們的過度餵食讓那一天提前到來。新加入的狗，因為沒經歷過長期捱餓的訓練，食慾非常旺盛。牠們的消化系統缺乏充分利用少量食物的能力。再加上筋疲力盡的哈士奇虛弱拉著雪橇的樣子，哈爾認為標準的糧食量太少了，決定增加一倍的量。最後，還有瑪賽迪絲。她眼眶含淚哽咽哀求哈爾餵狗隊更多食物，但被他拒絕後，她就開始偷偷從魚袋裡拿魚餵給狗吃。但巴克和其他的哈士奇需要的不是食物，而是休息。儘管牠們行進的速度很慢，但是沉重的雪橇讓牠們的體力消耗地更快了。

接著就是糧食不足的日子。有一天，哈爾驚覺狗糧已經用掉一半，而行程卻只走了四分之一；更糟的是，無論花多少錢都找不到額外的狗糧了。於是哈爾減少標準糧食量，還試著增加前進的里程。他的姊姊和姊夫也支持他，但因為沉重的行李和他們自身的無能，他們倍受打擊。減少狗的食物很簡單，但要讓狗跑得更快卻不可能，而他們自己也沒本事更早出發，所以連拉長上路的時間都做不到。他們不僅不知道如何駕馭狗，也不知道該如何控制自己。

第一個撐不住的是達伯。牠雖然是一個笨拙的小偷，經常被抓到受罰，但牠仍然是一隻忠誠的工作犬。牠扭傷的肩胛骨，沒有得到適當的治療和休息，情況越來越糟，最後哈爾只得拿柯爾特左輪手槍把牠射死。當地有一句說法，哈士奇犬的一日糧食量會讓外來狗餓死，所以巴克隊伍中的六隻外來狗，在只能吃半份哈士奇犬的糧食份量之下，最終也只有餓死一途。先是紐芬蘭犬，接著是那三隻短毛獵犬，兩隻雜種狗頑強地多撐了幾天，但最後也難以支撐下去。

到這個時候，南方的優雅舉止和紳士風度已經離這三人遠去。北極之旅失去了原有的光彩和浪漫，這對他們這樣的男女來說實在太殘酷了。瑪賽迪絲不再為了狗流眼淚，因為光為了自己和其他人吵架的事，就夠她哭的了。爭吵是他們永遠不會厭倦的事。他們的怒火來自於他們的痛苦，然後隨著痛苦增加，怒火翻倍，直到最後怒火超過了旅程中的痛苦。這兩男一女和那些在旅途中受到辛勞折磨，但仍能維持和善且擁有耐心的人不一樣。他們全身發疼又僵硬，肌肉痛，骨頭痛，甚至連心都在痛；因此，他們變得口氣刻薄，早上起床時就會說難聽的話，一直維持到晚上睡覺之前。

只要瑪賽迪絲給他們機會，查爾斯和哈爾就會吵個不停。他們倆都覺得自己做的比應盡的本分還多，所以只要一逮到機會就要大肆宣揚。有時瑪賽迪絲會站在她的丈夫那邊，有時又站在她兄弟那邊，結果就是一場永無止盡的家庭紛爭。從一場爭論開始，比如誰該去砍幾根木柴生火（這場爭論只和查爾斯和哈爾有關），很快就會牽涉到整個家庭、父母、叔伯、表親，甚至是千里之外的人，其中有些人甚至已經去世。哈爾對藝術的看法，或者他舅舅寫的社會劇能和砍柴有什麼關聯，沒人能理解，然而這場爭吵往往就會轉向那個方向，亦或是變得跟查爾斯的政治偏見有關。而查爾斯愛搬弄是非的妹妹，和在育空河旁生火的關聯性，也只有梅賽德斯看得出來。因為她針對這個話題表達了豐富的意見，還順便講了一些對她丈夫家族不滿的事情。與此同時，沒人生火，營地也只搭了一半，狗也沒有人去餵。

瑪賽迪絲心有不甘，這是種來自根深蒂固的性別委屈。她美麗又孱弱，這輩子都受到彬彬有禮的對待，但是她的丈夫和兄弟現在卻用完全相反的方式對待她。她慣於表現無助，他們卻對此抱怨不已。對她來說，這是女性最基本的特權，但她卻因此受到指責。為此，她讓他們的生活變得痛苦不堪。她不再關心那些狗，因為她又痛又累，堅持坐著雪橇。她雖然美麗孱弱，但也有一百二十磅重，對那些虛弱又饑餓的狗來說，等於是致命的一擊。她坐了好多天，直到狗隊累垮摔倒在雪道上，雪橇停了下來。查爾斯和哈爾求她下來走路，苦苦哀求，而她則邊哭邊向上天抱怨他們有多麼殘忍。

有一次，他們倆強行把她從雪橇上拖下來，但他們之後再也不敢這麼做了。因為她就像被寵壞的孩子一樣耍賴，雙腿無力地坐在雪道上不肯動。他們繼續往前走，她也沒有跟上。走了三英里後，他們只得把行李卸下雪橇，回來找她，再把她放回雪橇上。

在自身極度痛苦的情況下，他們當然也就無暇關心動物的痛苦了。哈爾的理論是，人必須冷酷無情。他想灌輸這個理論給他的姊姊和姊夫，但沒有獲得共鳴，所以他就改用棍子痛打狗來實踐這個道理。到五指灘的時候，狗糧吃完了。一個沒有牙齒的印第安老女人，向哈爾提議，用幾磅的凍馬皮交換他在腰上獵刀旁的左輪手槍。這種馬皮對狗來說是相當糟糕的食物替代品。它們是牧民半年前從餓死的馬匹上剝下來的皮。在結凍的狀態下，它更像鍍鋅鐵條，當狗把它吞下肚子裡時，它會融化成薄薄一片毫無營養的皮帶和一團短毛，刺激又難以消化。

巴克就像活在一場噩夢中，搖搖晃晃地持續帶領隊伍前進。牠能拉的時候就拉，拉不動的時候，就倒下躺在地上，直到鞭子或棍子打到牠不得不再度站起身為止。牠美麗而毛茸茸的皮毛不再緊實散發光澤，毛髮下垂鬆垮，被哈爾毆打的地方遍布瘀青和血跡。牠的肌肉萎縮成了結塊的筋，身上的肉都消失了，皺巴巴又空蕩蕩的皮膚下，每根肋骨和骨頭都清晰可見。這個景象讓人心碎，但巴克的心是堅不可摧的，那個紅毛衣的男人已經證明了這一點。

巴克的同伴也是在相同的狀態之中，牠們都變成了遊魂般的骷髏。包括巴克在內共有七隻狗，在極度的痛苦下，牠們對鞭子的抽打和棍棒造成的瘀青已經麻木無感。被打的痛覺是遲鈍又遙遠的，和牠們看到和聽到的所有事物一樣，模糊又遙遠。牠們並非只剩半條命或是快要死去，牠們更像是一堆堆的骨頭，裡面微弱地閃著生命的火花。休息的時候，牠們就像死狗一樣倒在雪道上，那團火花黯淡無光，似乎就要熄滅。當棍棒或鞭子再次落下時，火花就會微弱地閃爍，接著牠們會蹣跚著站起來，繼續向前。

有一天，天性善良的比利倒下後再也站不起來。因為哈爾已經把左輪手槍拿去換了馬皮，所以只好用斧頭一把砍在比利頭上，然後把屍體從背帶中割下來，拖到一邊。巴克看到了，其他的狗也看到了，牠們都知道這天離自己不遠了。隔天，庫娜也倒下了，只剩下五隻狗：喬已經虛弱到沒辦法發脾氣，派克的腿又瘸又跛，只剩下一半的知覺再也無法裝病，獨眼的索萊因為太虛弱無力，無法盡力拉橇而感到傷心；提克是最新加入的狗，這個冬天沒走太多的路，所以最常被打；而巴克仍然是隊伍的領頭狗，但不再管秩序或努力執行紀律，因為太過虛弱牠一半的時間都看不清楚，只能靠著雪道的模糊景色和腳下的感覺才能繼續向前。

已經到了春天的溫暖氣候了，但無論是狗還是人都沒有察覺。太陽每天都更早升起，更晚落下。凌晨三點就看到曙光，黃昏則持續到晚上九點。一整天都陽光普照，凜冽冬日的寧靜幽微已經被萬物甦醒的春日歡聲所取代。這種歡聲來自大地上的所有生靈，蘊含著對生命的喜悅。那些重新甦醒的生靈，曾在長達幾個月的冰雪季節裡死去，動也不動。松樹裡的汁液緩緩上升，柳樹和白楊的新芽也都冒出來了，灌木和藤蔓披上了新的綠葉。蟋蟀在夜晚唱歌，白天各種爬行動物紛紛探出頭來享受陽光。鷓鴣在森林裡鳴叫，啄木鳥發出咚咚的聲響啄著樹幹。松鼠嘰嘰喳喳，鳥兒歌唱，從南方來的禽鳥在頭頂上結伴同行，劃破長空，啾啾飛過。

每個山坡上都可以聽到隱藏噴泉發出的悅耳流水聲。萬物都在融化，彎曲，斷裂。育空河在努力擺脫禁錮它的冰，河水從下方侵蝕，陽光從上面消融。冰層裡形成了裂縫孔洞，之後開始擴散崩裂，讓薄冰整塊掉入河中。在萬物甦醒的爆裂、撕碎和顫動之下，那兩男一女和哈士奇就像步向死亡的旅人一樣，繼續在燦爛的陽光以及柔和的微風中緩慢前行。

狗隊一路上跌跌撞撞，瑪賽迪絲坐在雪橇上哭，哈爾不痛不癢地咒罵，查爾斯水氣的眼睛滿是憂愁，他們蹣跚地走進約翰桑頓在懷特河口的營地，一停下腳步，所有的狗就像被打中一樣立刻倒地。瑪賽迪絲擦乾眼淚，望向約翰桑頓。查爾斯用非常緩慢的速度坐在一塊木頭上休息，因為他全身僵硬。哈爾上前搭話。約翰桑頓正在修整白樺木做成的斧頭把手。他邊削邊聽，給出單音節的回應，當哈爾問問題時，提供簡短的建議。他知道這些人的德性，並且知道他的建議不會被採納。

桑頓警告他們不要再冒險穿越融冰，但哈爾回答：「還在上頭的時候，他們就跟我們說，雪道下方已經融了，對我們來說最好的辦法就是之後再走。」「他們還說我們絕對走不到懷特河，但我們到了。」他最後的語氣中還帶著嘲笑的勝利之意。

「他們沒騙你。」約翰桑頓回答。「這條路隨時都會塌。只有傻瓜才會歪打正著順利走完。我老實跟你說，就算阿拉斯加所有的黃金都在那裡，我也不會冒著生命危險走上那片冰。」

「我想那是因為你不是傻瓜，」哈爾說。「不管如何，我們還是要繼續往道森走。」他甩開皮鞭。「走吧，巴克！嘿！起來走了！」

桑頓繼續削他的木頭。他知道沒辦法阻止傻瓜做傻事，而這世上就算多或少了幾個傻瓜，也不會有任何改變。

然而，狗隊沒有照著命令起身，牠們早就變成要靠鞭打才會起身的隊伍了。皮鞭無情地來回抽打。約翰桑頓咬緊嘴唇。索萊是第一隻爬起來的，接著是提克。然後是痛得哀嚎的喬。派克努力地掙扎起身，摔倒了兩次，到第三次終於站起來。只有巴克完全不動，靜靜地躺在倒下的地方。皮鞭一次又一次地抽在牠身上，但牠既不叫，也不掙扎。約翰桑頓好幾次想開口說些什麼，但又改變主意。鞭打沒有停止，牠的雙眼蓄滿淚水，站起身走來走去，沒辦法下定決心。

這是巴克第一次違抗命令，足以讓哈爾大動肝火。他把鞭子換成了慣用的棍子。現在落在巴克身上的是更用力的重擊，但牠還是拒絕移動。跟牠的同伴一樣，牠幾乎已經無法站起來，但有些不同的是，牠是已經下定決心再也不要起身了。牠隱約覺得厄運即將到來，那種感覺從牠把雪橇拉到河岸邊時就開始了，現在那種感覺依然存在。牠腳下鬆軟又脆弱的冰，讓牠冥冥中覺得災難就在前方，也就是主人要叫牠去的地方，所以牠完全拒絕移動。牠承受的痛苦已經到了極限，所以被打反而算不了什麼了。棍子繼續落在身上，牠體內的生命火花也逐漸黯淡，即將消失。那是一種奇異的痲木感，牠雖然意識到自己正在被打，但牠彷彿已經身在一個很遠的地方。牠感覺不到疼痛，事實上牠什麼都感覺不到了，只能微弱地聽到棍子打在身上的聲音。但那已經不是自己的身體了，一切都如此遙遠。

毫無預警下突然之間，約翰桑頓發出了更像是動物的吼叫聲，撲向那個不停揮舞棍子的男人。哈爾像被倒下的樹擊中一樣，往後摔出去。瑪賽迪絲尖叫，查爾斯用手揉了揉淚眼，但因為全身僵硬沒有站起身。

約翰桑頓站在巴克旁邊，努力克制自己的脾氣，因為憤怒幾乎說不出話來。

「你再打這隻狗，我就殺了你。」他終於哽咽地說出話。

「這是我的狗。」哈爾回答，一邊擦掉嘴角血跡一邊往回走。「別擋我的路，不然我就給你好看。我要去道森。」

桑頓站在他和巴克之間，沒有要讓開的意思。哈爾拔出了他那把長長的獵刀。瑪賽迪絲又是尖叫又是大哭又是大笑的，已經完全歇斯底里。桑頓用斧柄敲了哈爾的手指，刀子就應聲落地。哈爾試圖撿起刀子時，他又敲了他的手指。接著他彎下腰，自己撿起刀子，兩下就劃斷了巴克的拉繩。

哈爾已經無力再戰了，更別說他得攙扶，正確地說是抱著他的姊姊，巴克也已經快死沒辦法再拉橇了。幾分鐘後，他們從河岸離開繼續在雪道上前進。巴克聽到他們出發的聲音，抬頭看著他們遠去。派克在最前方，索萊在雪橇前，中間是喬和提克。他們拖著沉重的腳步，蹣跚地向前拖行，瑪賽迪絲坐在滿載的雪橇上，哈爾駕橇，查爾斯則踉蹌地跟在雪橇後頭。

巴克看著他們離去時，桑頓跪牠身邊，用粗糙但是溫柔的手檢查牠身上是否有斷掉的骨頭。等到他發現，除了多處瘀青和處於極度飢餓的狀態外，巴克身上沒有其他傷口，雪橇已經走了四分之一英里了。狗和人看著著雪橇走過冰層，突然他們看到雪橇的後端下陷，像是掉入一個坑裡，哈爾握住的雪橇握把則往上翹起，吊在半空中，瑪賽迪絲的尖叫聲傳入他們的耳裡。他們看到查爾斯轉身要往回跑，接著整塊冰層塌陷，然後人和狗都消失無蹤。最後只剩下一個巨大的洞，顯示雪道底層已經完全融化。

約翰桑頓和巴克互相對看。

「你這隻可憐的惡魔。」約翰桑頓說，巴克舔了舔他的手。

〈第六章〉

對一個人的愛

約翰桑頓在去年十二月凍傷了腳。為了讓他順利康復，他的工作夥伴們選擇自行前往上游伐木，製作要送到道森的木筏。救巴克的時候，他的腿還有些跛，但隨著天氣持續放晴變暖，他的微跛也消失了。巴克整個春天都待在這裡，躺在河岸邊，看著流水，慵懶地聽著鳥兒的歌聲和大自然的嗡嗡聲，慢慢地恢復了體力。

在旅行了三千英里後，能好好休息一番是再美好不過的事了。巴克的傷口痊癒了，肌肉也變得豐滿，骨頭上重新長出一層新肉，但牠也變得有點懶散了。不只牠，包括約翰桑頓、史基特和尼格，他們都在慵懶過著日子，等著坐上前往道森的木筏。史基特是一隻小型的愛爾蘭雪達犬，很早就跟巴克變成朋友。當時巴克正在性命垂危之際，無法拒絕她的示好。她有一種治療犬的特質，就像母貓會幫幼貓清理一樣，她也會清洗照顧巴克的傷口。每天早上，等巴克吃完早餐後，史基特就會自動跑來幫牠進行護理工作，後來巴克會開始期待史基特的照顧，就像牠等待桑頓的照料一樣。尼格是一隻高大的黑色獵犬，血統一半是尋血獵犬，一半是獵鹿犬。有著一雙笑嘻嘻的眼睛，雖然比較內斂，但個性一樣友善，脾氣好得不得了。

讓巴克大感意外的是，這些狗完全沒有表現出忌妒之情。牠們似乎分享了約翰桑頓的友善和博愛。隨著巴克一天天變得強壯，牠們開始引誘牠加入各種荒謬的遊戲，而桑頓也無法克制地參與其中。就這樣，巴克不費吹灰之力地復原了並獲得了一種全新的生活。這是牠首次體驗到真正熱烈的愛，他從未在陽光普照的聖塔克拉拉山谷，米勒法官的大房子裡體驗過這種感覺。和米勒法官的兒子們在一起時，他們狩獵和長途健行，那對牠來說是種工作上的夥伴關係；和法官的孫子們在一起時，則是一種理所應當的監護責任；而對於法官本人來說，那是一種莊重尊貴的友誼關係。但是那種強烈又炙熱的愛，那種崇拜，那種瘋狂，是因為約翰桑頓而起。

除了這個男人救了他的命之外，他還是一個非常好的主人。別人是基於責任和商業上的利益考量才會關心狗的權益，但桑頓卻是因為把狗當作自己的孩子才會情不自禁地關懷牠們。除此之外，他永遠不會忘記友善的問候或鼓勵的話語，還會坐下來和牠們長談（他稱為「閒扯」），這也是他們雙方共同的樂趣。他會粗魯地抓住巴克的頭，把自己的頭靠在巴克的頭上，左搖右晃，同時嘴裡嘟囔著那些難聽粗俗的話，但對巴克來說，這是愛的語言。沒有比這更大的快樂了，那粗暴的擁抱和低聲的咒罵是牠至高無上的幸福。等桑頓放開牠後，牠會跳起來，嘴巴笑著，靈動的眼睛望著桑頓，喉嚨發出無聲的顫動，一動也不動地站著。約翰桑頓會發自內心的驚嘆說「天哪！除了不會說話你什麼都懂！」。

巴克表達愛的方式就像要傷人似的。牠會用力咬著桑頓的手，留下好一段時間才會消失的齒印。但就像巴克了解桑頓的粗俗咒罵是表達愛的方法，桑頓一樣也知道，這種假裝咬人是愛的表現。

然而多數時，巴克的愛是從崇拜展現出來的。雖然桑頓摸牠或對牠說話時牠會非常開心，但牠不會刻意尋求這些親密的動作。不像史基特會把鼻子放到桑頓的手下不停地蹭，直到桑頓摸摸她。或是尼格會悄悄地走過來，把牠的大頭放在桑頓的膝蓋上。對巴克來說，能在遠方崇拜著看著桑頓就已經心滿意足了。牠會躺在桑頓的腳邊數小時，熱切又機警地盯著他的臉，敏銳地觀察研究桑頓每一瞬間的表情，還有每一個動作或臉部的變化。有時候牠會躺得遠一些，就在桑頓身側或後頭，看著他的輪廓和時不時的身體動作。他們之間深厚的默契，能讓桑頓感受到巴克堅定的目光而回望。他的心就和巴克的一樣，在彼此的眼神中閃耀發光。

獲救後很長一段時間裡，巴克不喜歡桑頓離開牠的視線。巴克會跟在他離開帳篷後跟在他的腳後，直到他再度回來。因為自從牠來到北方，一直不停地更換主人，牠害怕沒有一個主人會是永久的。牠擔心桑頓會像佩羅和弗朗索瓦，還有那個蘇格蘭混血兒一樣，總有一天從牠的生命中消失。即使在夜裡，牠也會在夢中被這種恐懼困擾。這種時候，牠就會驅除睡意，躡手躡腳地穿過寒冷，走到帳篷的門口，站在那裡，聽著主人的呼吸聲。

巴克對約翰桑頓深厚的愛，體現了文明對牠的影響，但被北國喚起的原始本能仍然鮮明地活躍著。牠的忠誠和堅貞，是在火爐和屋頂下所孕育出來的，但牠依舊保留著牠的野性和狡猾。牠生於荒野，也從荒野而來，坐在約翰桑頓的火堆旁。牠並非受到幾個文明世代洗禮的南方狗，牠不偷這個人的東西，是因為牠極為深愛這個人。但對其他人或任何別的營地，牠會毫不猶豫地行竊，也能機靈狡猾地下手而完全不被察覺。

牠的臉和身體上留下了許多咬痕，牠仍然像以前一樣兇猛，並且更加精明幹練。史基特和尼格的個性都太善良了，吵都吵不起來，而且牠們是約翰桑頓的狗。但是對其他的陌生狗，不管是哪種品種，或如何的驍勇善戰，牠們都會迅速承認巴克的領袖地位，否則就得和一個可怕的對手進行生死搏鬥。巴克毫不留情，因為牠早就學會了棍棒和利齒的法則，在面對仇敵進行生死搏鬥時，牠絕不放過任何機會，也不會中途退縮。斯畢茲和西北警署還有郵政局的幾條鬥狗教會了牠這一點，中庸之道並不存在，牠不是成為領導者，就是被領導。心存憐憫是一個弱點，在原始生活中，並不存在慈悲這件事，那會被誤解為恐懼。而這種誤解將導致死亡。殺或被殺，吃或被吃，這就是法則，而牠遵循著從遠古時代遺留下來的指令。

牠比牠見過的歲月和呼吸過的空氣都要來得老。過去和現代在牠身上連結，永恆的力量在牠身上湧現，就像潮水和季節一樣有著神聖的韻律，讓牠也隨之搖擺。牠坐在約翰桑頓的火堆旁，是一隻有著寬闊胸膛，滿口白牙，毛髮蓬鬆的狗。但在牠身後則有著各種狗的形影，還有半狼和野狼的影子，迫切地督促著牠，要牠品嚐肉的滋味，渴望牠所喝的水，與牠一起聞著風，和牠一同聆聽並且講解森林生物所發出的聲音響。支配牠的情緒，指揮牠的行動，和牠一起躺下睡覺，與牠一起做夢，甚至超越牠的自身，成為牠夢中的一切。

這些形影迫切地召喚牠，讓人類和馴化在牠身上留下的痕跡，每天逐漸淡去。每當聽到森林深處的呼喚，那種神祕的刺激和誘惑，讓牠不得不背對著火堆和周圍被踏平的土地，躍入森林，向前奔去。牠不知道該往哪裡走或是為了什麼而走，牠也不想知道，那個在森林深處的聲音有著絕對的控制權。但每當牠走到那未被踩過的柔軟土地，和綠色的陰影之中，對約翰桑頓的愛又把牠拉回了火堆之前。

桑頓是牠唯一在乎的人，其他的人對牠來說毫無意義。偶遇的旅人可能會讚美或拍拍牠，但牠一點都不在乎，如果對方太過熱情，牠就會起身離開。當桑頓的夥伴漢斯和皮特搭著期待已久的木筏抵達時，巴克完全不理會他們。直到牠發覺他們是桑頓的夥伴，牠才消極地容忍，接受他們的寵愛，好像這是對他們的恩惠一樣。他們和桑頓是同類型的人，作風腳踏實地，思想單純且直覺敏銳。木筏在抵達道森鋸木廠旁的大河灣前，他們就了解巴克和牠的性格，也就不再強求巴克要像史基特和尼格那樣和他們親近了。

然而，對巴克來說，牠對桑頓的愛似乎持續地增長。夏季旅行的時候，只有他能讓巴克背行李。桑頓下令時，巴克什麼都會去做。有一天（他們用木筏的收益貸到一筆款項，離開道森前往塔納納河的上游），男人和狗坐在懸崖的山頂上，三百英尺的下方是一個佈滿岩石的河床。約翰桑頓坐在邊緣附近，巴克在他的肩上。桑頓一時衝動想做個實驗，他跟漢斯和皮特解釋完後，就向巴克下了指令。「跳吧，巴克！」，他一邊下令，一邊揮手指向那個峽谷。下一秒，他就在懸崖邊緣一把拉住巴克，漢斯和皮特連忙把他們倆個拉回安全地區。

「不可思議，」皮特等到他們安全了，才找回說話的力氣。

桑頓搖搖頭「不，是太棒了，但也很可怕。你知道嗎，有時這點讓我有點擔心。」

「有牠在你旁邊，我可完全不敢碰你一根寒毛。」皮特一邊朝巴克點點頭，一邊下結論。

「老天爺！」漢斯回答「我也絕對不敢。」

在年前，皮特的預感就在環城成真了。脾氣暴躁又心腸惡毒的「黑」波頓在酒吧和一個新來的人吵了起來，桑頓好意勸架。巴克如同往常地趴在角落，頭靠在前腳上，盯著牠主人的一舉一動。波頓突然對桑頓揮了一拳，讓他轉了幾圈，幸好他一把抓住吧檯的邊緣才沒倒下。

那些圍觀的人說並不是聽到一聲狂吠或是尖叫，而更像憤怒地吼聲，然後他們就看到巴克跳到空中往波頓的喉嚨咬去。波頓直覺地抬起手臂才救了自己一命，但也被巴克撲倒在地。然後巴克鬆開咬住的手臂，再度咬向喉嚨，這次他僅阻擋了部分攻勢，所以喉嚨被撕開一道傷口。周圍的人連忙驅逐巴克，但在醫生檢查傷勢時，巴克仍然不願離開，繼續在旁邊轉圈踱步，憤怒地低吼，想要趁隙向前衝，但被拿著棍子的人擋了下來。在那個當下他們召開了一個礦工會議，決議巴克有充足的理由咬人，所以不會追究責任。那個時候牠的名聲就傳開了，阿拉斯加的每個營地都聽過牠的名字。

那年的秋天，巴克又以不同的方式救了約翰桑頓的命。當時那三個人推拉著一艘細長的撐篙木筏，要通過四十里河一段水流湍急的區域。漢斯和皮特在河岸上，拉住綁在木筏上的繩子，以樹為支點，一棵一棵地移動，桑頓則在木筏上一邊用長竿控制木筏方向，一邊對著河岸發出指令。巴克在岸上擔心又焦急地看著那艘船，眼睛緊盯著牠的主人。

在一個特別危險的地段，有一排突出水面的礁岩。漢斯放鬆繩子讓桑頓控制船身以避開岩石，然後撐船往河的中心前進。同時他抓著繩尾沿著河岸跑，準備之後拉繩控制船身速度。等船過了礁岩區後，它順著急流飛馳而下，速度像水車一樣快。沒想到這個時候漢斯的繩子拉得太緊了，船撞到河岸後立刻翻覆，也把在船上的桑頓抛到河裡。他被激流沖到最危險的區域，是任何泳者都無法生存的急流水域。

巴克立刻跳入水中，游了三百碼後在瘋狂的漩渦水域中追上了桑頓。當他感覺桑頓抓住他的尾巴後，他用盡力氣朝著岸邊游去。但是水流太過湍急，他們幾乎無法前進，持續被沖往下游。那裡傳來致命的轟鳴聲，瘋狂湍急的水流打在如同巨大梳齒的岩石上，使激流破裂成一片片水花和飛沫。水流在最後一段陡坡形成了讓人心生畏懼的強大吸力，桑頓知道靠岸無望了。他先猛力地擦過一塊岩石，被水沖過第二塊岩石時受了點傷，最後重重地撞上第三塊岩石。他用雙手緊抱著岩石滑溜的頂端，放開了巴克，扯開喉嚨大喊：「走，巴克！快走！」

巴克奮力掙扎拚命想往回游，但還是無法維持自己的位置，被急流沖往下游。牠聽到桑頓重複的命令後勉強抬起身體，把頭抬得高高的，像是要看主人最後一眼，然後轉身聽話地往岸上游去。牠用盡最後一分力氣游著，直到氣力用盡快要葬身河底時，被皮特和漢斯拉上岸。

他們知道在這種急流下一個人無法在滑溜的岩石上支撐太久，所以他們立刻沿著岸邊跑，跑到桑頓岩石的前方。他們拿之前繫船的繩子綁在巴克的肩膀和脖子，小心翼翼地避開會勒住或是阻礙牠游泳的部位，然後把牠放到水中。牠勇敢地快速游出，但路徑不夠筆直，等到和桑頓並排時他才發現至少還要划五到六次水才能搆著桑頓，最後還是無可奈何地被水流沖走了。

漢斯立刻勒緊巴克身上的繩子，就像拉住一艘船一樣。在湍流之下，牠的繩索被這麼一拉，讓牠瞬間被扯到水面下無法浮起，直到牠的身體撞到河岸被拖出來。漢斯和皮特撲向已經半昏迷的巴克，把空氣壓入牠的胸腔，讓牠把水吐出來。牠搖搖晃晃地起身又摔倒在地。他們聽到桑頓在遠處傳來的聲音，雖然聽不清楚在說什麼，但他們都知道他已經快要撐不住了。主人的聲音就像是一記電擊，巴克立刻跳起身跑在前方，再次衝向岸邊先前出發的位置。

然後牠又套著繩索再次出發，直接進入水流。牠已經錯過一次，這次不會再犯相同的錯誤了。漢斯拉著繩子，確保繩子維持在繃緊的狀態，皮特則讓繩子保持整齊避免打結。巴克筆直向前直到牠抵達桑頓的正前方，然後轉身像特快列車一樣快速地朝桑頓衝去。巴克被激流的力量推著，像把破城錘一樣撞向桑頓，桑頓見到牠，伸手抱住巴克毛茸茸的脖子。漢斯把繩子繞過樹幹往回拉，巴克和桑頓被扯到水下。他們的喉嚨發緊，呼吸困難，他們在水下翻滾，擦過河的底部，撞向岩石和暗礁，最後終於靠向河岸。

桑頓醒來發現自己趴在漂流木上，漢斯和皮特還在猛力地推拉那根木頭。他醒來第一件事就是去找巴克。發現尼格趴在巴克了無生氣的身體上哀號，而史基特則是舔著巴克溼答答的臉和緊閉的眼睛。桑頓不顧自己身上也受了傷，有多處瘀青，急著檢查巴克的身體然後發現三根斷掉的肋骨。「我決定了，我們就在這紮營」他說。等巴克的肋骨癒合，可以再度上路後他們才繼續旅程。

那年冬天在道森，巴克又完成一項壯舉，也許不像以往的英雄事蹟，但是卻讓牠在阿拉斯加的名聲連升數級。這三人對此次的事情更是滿意，因為他們得以獲得需要的裝備，還能前往期待已久的原始東部地區，那是尚未有礦工踏足的地方。這件事的起因是因為埃爾多拉多酒館的一次閒聊，那時大家在吹噓各自最愛的狗，巴克因為過往的紀錄成為這些人談論的目標，桑頓也奮力地維護牠的榮耀。半小時後，有個人說他的狗可以拉著五百磅的雪橇前進，第二個人自誇地說他的狗可以拉六百磅，第三個人則接著說七百磅。

「我呸！」約翰桑頓說「巴克拉得動一千磅。」

「原地拉動雪橇後再走一百碼？」一位叫做馬修森的艾柏塔淘金大王懷疑地說，他就是那個吹噓七百磅的人。

「原地拉動雪橇後再走一百碼」約翰桑頓冷靜自若地回答。

「好，」馬修森刻意放慢語速讓大家都能清楚聽見，「我賭一千元牠拉不動。」他邊說邊把一袋香腸大小的金沙放到酒吧櫃檯上。

現場一片安靜。如果桑頓只是在吹牛的話，那麼他說的話被當真了。他感到一股熱氣衝上臉頰。他只是一時衝動，他不知道巴克能否拉得動一千磅，那可是等於半噸的重量啊！那麼巨大的份量可把他嚇到了，他對巴克的力量有充分的信心，也認為這個重量對牠來說不成問題，但是從沒碰過像現在這樣要實驗的可能。周圍數十雙眼睛盯著他，沉默地等著他的回覆。再說，他也沒有一千元，漢斯和皮特也都沒有。

「我的雪橇就在外頭，上面有二十包五十磅的麵粉，」馬修森單刀直入地說，「所以你不用擔心那個問題。」

桑頓沒有接話，他不知道該如何回答。他茫然地看著每個人，不知道下一步該怎麼做。接著他看到吉姆歐布萊恩，他是麻斯托頓的淘金大王，也是桑頓以前的夥伴。他突然靈光一閃，想做一件以前從來不敢想的事。

「你能借我一千元嗎？」他低聲問。

「當然，」歐布萊恩說，在馬修森的袋子旁丟下另一包裝得滿滿的金沙。「但我不太相信有哪隻狗做得到這件事，約翰。」

埃爾多拉多酒館的人全都跑到街上去圍觀這場比賽了。桌子都空了，莊家和賭客也都走出去觀看結果和賭盤的賠率。幾百個人身穿大衣戴著手套，保持一定的距離圍在雪橇周圍。馬修森載著一千磅麵粉的雪橇上已經在外頭好一陣子了，而在極度的低溫下（現在是零下六十度），雪橇下的滑板已經牢牢地被層層的積雪凍住。目前的賠率是二比一，賭巴克拉不動雪橇。雙方對「原地拉動」這個說法有一些爭議。歐布萊恩認為桑頓可以先讓滑板鬆動之後，巴克再原地拉動雪橇。而馬修森則堅持「原地拉動」一詞代表巴克要自行讓滑板從凍結的狀態鬆動。因為現場大多數人都目睹了他們之前的對話，所以大家都認為應該是按照馬修森的說法，賠率也因此上升到三比一，都賭巴克辦不到。

沒人賭巴克贏，因為大家都不相信牠辦得到。桑頓本來也只是一頭熱地參與這場賭注，現在更是憂心忡忡。他看到雪橇跟趴在前頭的十條狗，愈發相信這是一個無法達成的任務。馬修森則越顯得意了。

「三比一了！」他宣布。「我再加碼一千元，桑頓。你怎麼說？」

桑頓的臉上寫滿了懷疑，但他的鬥志被激起了。這種鬥志超越任何賠率，也不願意認輸，只聽得到戰鬥的呼聲。他把漢斯和皮特叫來，他們都沒什麼錢，三個人只湊出兩百元。雖然這兩百元已經是他們的全部財產，但他們仍然毫不猶豫地拿出來和馬修森的六百元對賭。

那群狗被解開，雪橇上換上了巴克和牠自己的背帶。牠也被周遭的興奮之情所感染，覺得自己一定要為了約翰桑頓好好表現一番。牠健美的外型引起了陣陣的讚嘆聲。牠狀態正好，沒有一絲贅肉，一百五十磅的身材訴說著力量和堅毅。牠美麗的皮毛散發出絲綢般的光澤，肩頸的鬃毛微立著，並隨著身體的動作而飛揚，就像是旺盛的生命力讓毛髮也活了起來。寬闊的胸膛和厚實的前腿，比例恰到好處，結實飽滿的肌肉線條在皮膚下清晰可見。周遭的人摸了摸，宣稱巴克的肌肉硬的像鐵一樣，賠率就降回了二比一。

「天啊，先生！天啊！」一位剛在斯庫坎發財的人大喊「我出八百塊買牠，先生，在測試開始前。牠現在這樣我就出八百塊，先生！」

桑頓搖了搖頭走到巴克身邊。

「你要離牠遠一點」馬修森抗議地說。「讓牠自己來，進行一個公平的測試。」圍觀的人群安靜了下來，只剩下賭徒在招攬二賠一下注的聲音。大家都承認巴克是一隻難見的好狗，但是二十包五十磅的麵粉袋實在是太重了，大家都沒興趣參加賭局。

桑頓跪在巴克的身邊，用手抱著巴克的頭，臉貼著臉。不像之前那樣玩笑地搖晃著他，或是嘟囔著粗魯的咒罵。這次他在巴克的耳邊輕聲低語「你愛我，巴克，我知道你愛我」。巴克壓抑著激動的心情，發出嗚嗚的叫聲。

人群好奇地看著。事態變得更神祕了，好像魔法一般。桑頓站起身後，巴克咬住他戴著手套的手，牙齒輕咬然後依依不捨溫柔地放下。這就是牠的回答，不是透過言語，而是愛。桑頓往後退下。

「巴克，就是現在」他說。

巴克按照以前學到的方法先繃緊了拉繩，然後再放鬆幾吋。

「往右！」桑頓的聲音劃破緊張的沉默。

巴克的身體往右衝去，牠一百五十磅的身體被突然繃直的背帶扯住不動。貨物微微動了一下，滑板下方發出清脆的喀啦聲。

「往左！」桑頓再次下達指令。

巴克重複剛剛的動作，只是這次是往左邊衝去。喀啦聲變成碎裂的聲音，雪橇些微傾斜，滑板往旁滑動了幾吋。雪橇鬆動了，圍觀的人緊張到不由自主地屏住呼吸。

「現在，往前！」

桑頓的指令就像一聲槍響。巴克向前一個衝刺收緊了拉繩。牠的身體緊緊地收縮，肌肉在光亮的皮毛下隆起扭動，像是有了自己的生命一樣。牠身體壓低，寬大的胸口靠近地面，低著頭向前，而腿瘋狂地快速向前飛奔，爪子在厚厚的積雪上留下了平行的抓痕。雪橇搖晃顫動著，向前移動了一點。有人在牠腿滑的時候大叫出聲。接著雪橇在連續快速的急拉中些微傾斜滑動，然後再也沒停過，半吋⋯一吋⋯兩吋。雪橇開始有了動能，猛力急拉的次數逐漸減少，牠慢慢地穩住腳步，直到雪橇開始穩定移動。

眾人鬆了一口氣然後開始呼吸，完全沒有察覺到自己剛剛忘了呼吸。桑頓在雪橇後頭跟著，嘴裡說著激勵巴克的話。距離早就測量好了，那堆柴火就是一百碼的地方。當牠開始拉近跟木柴堆的距離時，眾人的加油聲也變得越來越大，等到牠終於抵達終點停住，加油聲變成一片熱烈的歡呼。每個人都高興得不得了，把帽子手套脫掉丟往空中，包括馬修森在內。大家都在互相握手，不管是誰，每個人都激動到語無倫次。

但桑頓跪在巴克旁，頭靠著頭，抱著巴克前後搖晃。其他趕忙上前的人聽到他抱著巴克，嘴裡不停地一直咒罵，罵得溫柔熱烈，充滿愛意熱情。

「天啊，先生！」那個斯庫坎的有錢人語無倫次地說，「我出一千塊買牠，先生，一千塊！先生，一千兩百塊！」

桑頓站起身，他的眼眶含淚，臉頰上都是淚痕。「先生」他對著那個有錢人說，「不，滾開吧你。這是我能唯一能為你做的事，先生。」

巴克用牙齒咬住桑頓的手，桑頓來回搖晃著巴克。旁觀的人們看到後都識趣地往後退開，不再打擾他們。

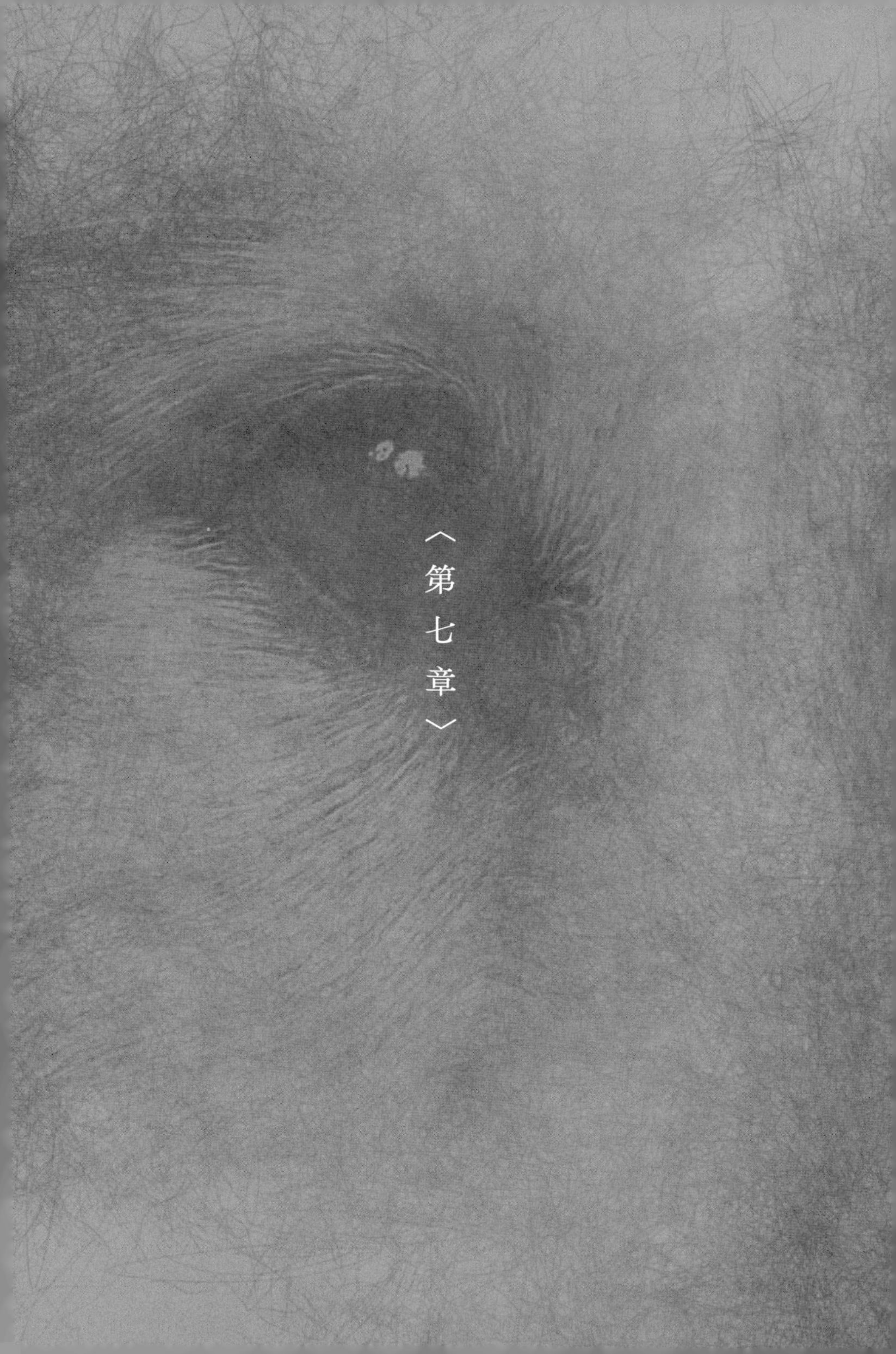

〈第七章〉

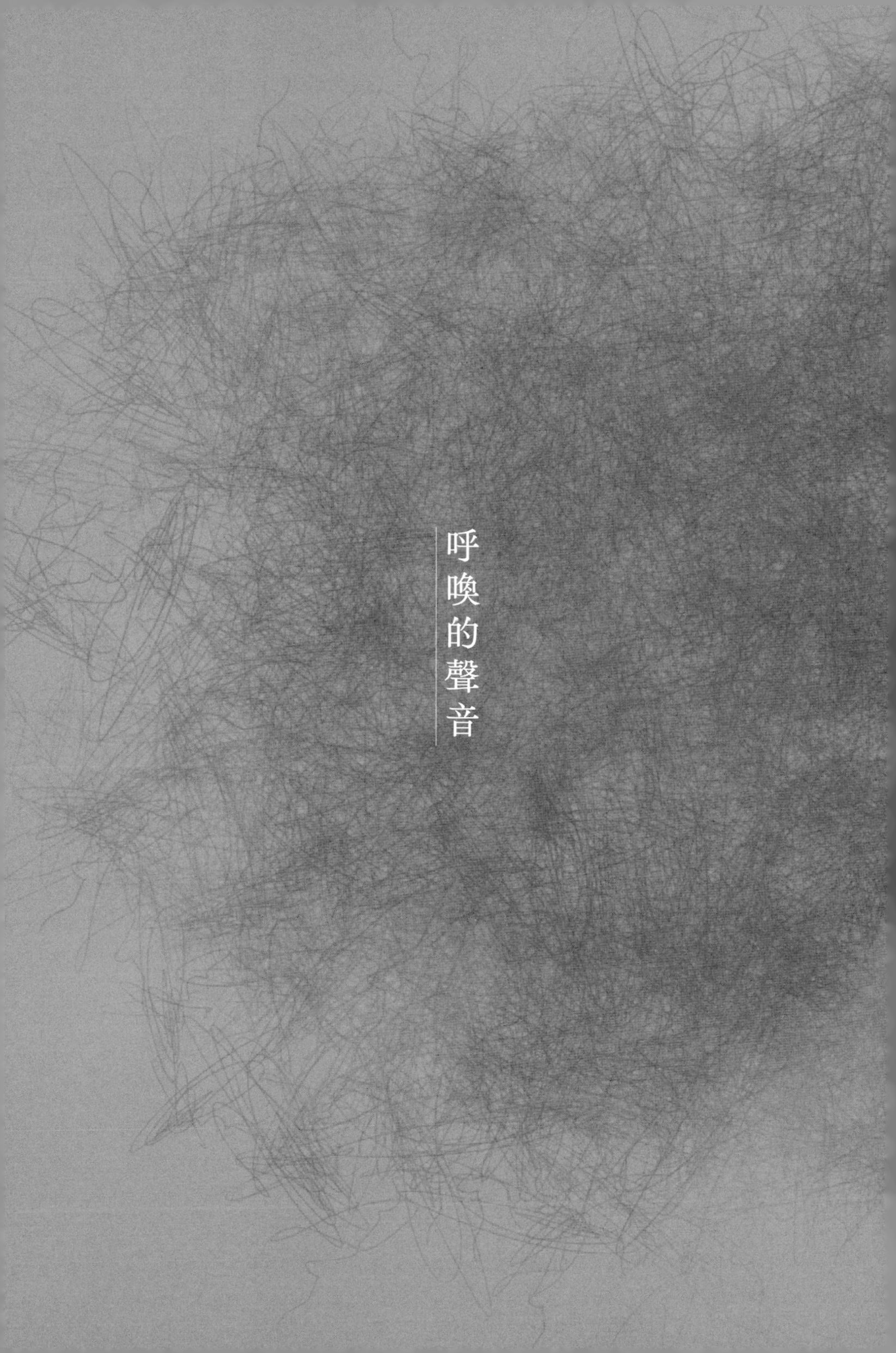

呼喚的聲音

巴克在五分鐘內就幫約翰桑頓贏得一千六百塊，讓牠的主人可以清還債務，並和他的同伴前往東方尋找傳說中失落的金山，那座山的歷史就像這個國家一樣久遠。很多人去找過那座山，但幾乎沒有人成功過，有更多人在途中就失蹤了，再也沒有回來。那座失落的金山覆蓋著神秘的面紗，充滿了悲劇色彩，沒有人知道第一個發現它的人是誰，連最古老的傳說都未曾提及。傳說的起源是一個古老又破舊的小木屋，許多將死的人發誓這個木屋就是金礦的標示位置，還拿出品質優良的金塊佐證，那是北方地區從沒見過的優質黃金。

但活著的人沒人見過那個寶藏木屋，而死去的人已逝。約翰桑頓連同皮特以及漢斯，要帶著巴克和其他六隻狗往東方前進，踏上這條不知名的雪道，抵達未曾有人和狗成功抵達的地方。他們乘著雪橇沿著育空河上游前進七十英里，然後左轉進入斯圖爾河，翻過梅奧和麥克奎斯頓，繼續沿著斯圖爾河的上游前進，直到它變成一條在主脊高峰上流動的涓涓細流。

約翰桑頓對人或是自然都沒什麼要求，也不懼怕荒野。只要身邊有一把鹽和一支槍，他就可以深入野地，隨心所欲地旅行，不在乎時間長短。就像印第安人一樣，他態度輕鬆，沿途覓食，如果找不到食物，就繼續前進，相信遲早會碰到獵物。因此，在這次前往東方的壯遊中，肉是主要的食物來源，彈藥和工具則是雪橇上的主要行李，沒有任何期限，就如同他們機會無限的未來一樣。

對巴克來說這種日子讓牠非常快樂，他們狩獵、釣魚和在陌生的地方無止盡的遊蕩。有時他們會連著好幾週持續前進，有時則會在不同地方紮營幾個星期，狗兒們就到處閒晃，人們則在凍結的泥土和砂石上生火，然後一邊烤火一邊清洗髒污的鍋具碗盤。有時他們會挨餓，有時又豐盛的過分，這完全取決於狩獵的運氣和結果。夏天到了，狗和人們背著行囊，乘著木筏越過湛藍的山中湖泊，然後砍下森林中的樹木，做成細長的小船，沿著不知名的河流，順流而下或是逆流而上。

月復一月，他們來回穿梭在渺無人跡的荒涼大地上，這裡是無人之地，但倘若那個失落的木屋傳說為真，就代表曾有人踏足在這塊土地上過。他們頂著夏季的暴風雪，在夜半的永夏日光中，顫抖地翻過位在林木線與永凍區之間的光禿山頭，步入了蚊蠅成群的夏季山谷，在冰川的陰影下採摘媲美南方的香甜草莓和鮮豔的野花。該年秋天，他們穿過一片淒涼寂靜的湖泊地區，野鳥曾在此棲息繁衍，但當時那裡沒有一絲生氣，只剩下呼呼吹的寒風，避風處結成的冰，以及拍打上寂寥湖岸的憂鬱漣漪。

另一個冬季來臨，他們在人跡罕見的小徑上四處探尋。有次他們發現一條被人沿路做上記號的古道，那個失落的木屋感覺就在眼前了，但那條不知從何開始的小徑最後也突然中斷了。沒人知道開路的人是誰，以及那條古道要往哪去，一切都是個謎。還有一次，他們偶然發現了一間年代久遠的狩獵小屋殘跡，約翰桑頓在破爛的毛毯碎片中發現了一支長筒燧發槍。那是開發初期，西北部哈德森灣公司販售的槍枝，在那個時候，河狸皮要疊到像槍身那麼長才能換把那樣的火槍。但僅此而已，沒有其他線索能說明誰蓋了這間小屋，然後又把火槍留在毛毯中。

春天再度來臨，他們四處探尋仍舊沒有找到那間失落的木屋，但他們卻在一個廣闊的山谷中發現了一條淺淺的金砂礦床，淘金盤裡的金沙就像黃澄澄的奶油一樣鋪滿了整個盤底。他們停止前進搜尋，在那裡只要一天就可以賺進價值數千元的金沙和金塊。他們天天努力工作，金子被裝進鹿皮袋中，一袋五十磅，就像木柴一樣高高地堆在杉木的小屋外頭。他們像巨人一樣埋頭苦幹，日子如夢似幻地飛逝，他們的財富也不斷地累積。

狗兒們除了偶爾幫桑頓把捕來的獵物拖回營地外無事可做，巴克越來越常在火堆前做著白日夢。既然沒有工作要做，那個長髮短腿的男人就更頻繁地出現在牠眼前，巴克時常盯著火光夢遊，跟著他在另一個世界裡行動。

恐懼似乎是那個世界的特點。巴克看著多毛的男人睡在火堆旁，頭埋在膝蓋間，雙手交疊在頭頂上。他在睡著時也不安穩，經常驚醒，然後會害怕地望向黑暗，再把更多木頭丟到火堆裡。他們走在海灘上時，毛人會一邊採集貝類一邊進食，並且不時地四處張望，雙腿隨時準備飛奔以躲避潛藏的危險。巴克跟在毛人的腳後在森林裡靜悄悄地行動，他們的態度警覺而機敏，耳朵豎直轉動，鼻孔顫動，因為這個人的聽覺和嗅覺就跟巴克一樣靈敏。毛人能夠跳上樹快速前進，就和在平地時沒兩樣。他會用手臂輪流抓著枝幹往前飛盪，有時距離超過十幾呎，他的手鬆開又抓緊，從不摔落，也不會失手。事實上，樹上對他來說就和在地面一樣。巴克還記得曾在樹下守夜，而毛人在上頭緊緊抓著樹幹，休息睡覺。

與毛人關係密切的是，那仍在森林深處響起的呼喚聲。那聲音喚醒了牠體內的奇異渴望，讓牠坐立難安。牠感到一種模糊又甜蜜的喜悅之情，同時意識到不明所以的野性慾望。有時牠會隨著呼聲進入森林，像在尋找實體的東西一樣，也會隨著心情低聲咆嘯或是挑釁地吠叫。牠會把鼻子伸進涼爽的苔癬中，或是長著長草的黑色土壤裡，欣喜地嗅聞著肥沃的土地氣息。牠也會躲在長滿菌菇的傾倒朽木後好幾個小時，睜大雙眼豎直耳朵，傾聽四周所有的聲響動靜。也許牠這樣躺著不動是想要嚇唬那讓人費解的呼喚聲，然而為什麼會要做出這些不由自主的舉動，牠毫無頭緒，也並不在乎原因。

無法抗拒的衝動左右了巴克。牠原本躺在營地，享受著白天的溫暖，慵懶地打著瞌睡，但下個瞬間牠會突然抬起頭，耳朵豎直專注地聽著遠方傳來的聲音，然後跳起身，不停地向前飛奔，持續好幾個小時，跑過一排排的樹林，越過佈滿黑色岩石的空地。牠喜歡沿著乾涸的河床奔跑，在樹林裡偷偷觀察鳥類的生活。牠也會躺在灌木叢裡，看著鷓鴣咕咕叫著走來走去。但牠最喜歡做的是在微亮的夏日午夜，邊跑邊聽著森林在睡夢中發出的呢喃，像在讀書一樣地辨識各種標記和聲響，找尋那無時無刻都在向牠招手的神祕呼喚。

有天晚上，牠從睡夢中驚醒，眼睛睜大，鬃毛直立，鼻翼搧動著用力嗅聞。森林裡傳來呼喊的聲音（或者說是其中的一種聲調，因為那呼喊聲有著多種聲調），這次的聲音清楚又堅定，是一聲長嚎，很像但又不像哈士奇狗會發出的聲音。牠曾聽過這種古老又孰悉的叫聲。牠快速地衝出營地，然後俐落又悄然無聲地跑進樹林裡。牠放慢腳步慢慢靠近叫聲的源頭，每一步都小心謹慎，直到前方出現了樹林中的一片空地。在那裡牠看到一隻瘦長的灰狼，半身直立蹲坐在地，鼻子朝向天空，仰頭發出狼嚎。

牠沒有發出任何聲音，但是那隻狼仍停止了嗥叫，想找出附近有什麼東西靠近。巴克安靜地走向空地，身體微屈收攏，尾巴直直地豎起，腳步小心翼翼地踏著地面。巴克的每個動作都在傳達威脅的訊息，但又同時表達想要做朋友的意思。這是野獸相遇時會有的獨特訊號，用威脅的行為表達休戰的意圖。但是狼看到牠就逃走了。巴克大步大步地追了上去，迫不及待地想要趕上牠。狼被巴克逼上河床上的一條死路，木材擋住了去路。灰狼轉身，用後腳當作支點，就像喬或其他被逼入角落的哈士奇狗一樣，牠豎起鬃毛咆哮發怒，齜牙裂嘴地發出警告聲。

巴克沒有展開攻擊，反而繞著牠打轉，然後友善地朝牠靠近。那隻灰狼既遲疑又害怕，因為巴克的體重是牠的三倍，而且牠的頭連巴克的肩膀都不到。牠逮到機會又趁機逃跑，追逐再度展開。牠一次又一次地被逼入死路，因為身體的狀態不佳，不然巴克不會如此輕易地就能追上。牠會一直跑到巴克的頭快要靠近側邊，然後立刻轉身，再趁機跑開。

最後，巴克的鍥而不捨終於得到了回報，那隻灰狼發現巴克沒有惡意，和牠互相聞了聞鼻子。後來牠們變得友好，用一種克制又有些緊張的方式玩了一陣子，這可不像猛獸原本的兇猛特性。一段時間後，那隻狼踏著輕鬆的步伐，要啟程前往某個地方。牠明確地告訴巴克，要牠跟上，然後牠們肩並肩地在昏暗的黎明中沿著河床往上游跑去，進入峽谷，越過荒涼的山脊繼續向上攀爬。

他們沿著分水嶺對面的山坡而下，進入有許多溪流和茂密森林的大片平原。他們在這裡跑了好幾個小時。太陽升得越來越高，氣溫變得更加炎熱。巴克非常高興，牠知道牠終於回應了那個呼喚的聲音，和牠的森林兄弟並肩奔跑，往聲音奔去。牠的腦海中湧上古老的回憶，讓牠激動不已。就像牠從前真的做過相同的事，在那個模糊而遙遠的世界中，自由地奔跑，腳下是未開墾的土地，頭頂上的則是廣闊的天空。

牠們停在溪邊喝水，巴克想起了約翰桑頓，牠坐了下來。那隻灰狼繼續向呼聲跑去，然後又走回牠身旁，聞了聞牠的鼻子，好似在鼓勵牠繼續前進。但巴克轉身，然後開始慢慢地踏上歸途。牠的野生兄弟跟著牠走了好一段時間，一邊輕聲叫著，然後坐下不動，把鼻子抬向天空，發出長嚎，那叫聲聽起來十分憂傷。伴隨著灰狼的叫聲，巴克繼續往回走，直到那聲音越變越小，最後終於什麼也聽不到了。

巴克回到營地的時候，約翰桑頓正在吃晚餐。牠熱情地撲向桑頓，把他撞倒在地，爬到他身上，舔著他的臉，咬著他的手。約翰桑頓說巴克是一個激動的傻瓜，然後一邊前後搖晃著牠，嘴裡還嘟囔著親暱的咒罵。

巴克整整兩天都沒有離開營地，也沒有讓桑頓離開牠的視線。桑頓工作時牠跟在後頭，看著他吃飯，看著他入睡，再看著他起床。但是兩天後，森林裡的呼喚聲變得更為強烈。巴克又再次感到焦躁不安，和野生兄弟共度的一切，那另一側的微笑土地以及在廣闊森林中肩並肩的奔馳回憶糾纏著牠。牠又開始到森林裡遊蕩，但是野生兄弟再也沒有出現，即便牠晚上不睡側耳聆聽，那憂傷的嚎叫也再也沒有響起。

牠開始夜不歸營，有時一離開就是好幾天。有次甚至翻過了溪流源頭的山脊，走下山坡，走入佈滿樹林和溪流的土地。牠在那徘徊了一周，試著尋找野生兄弟的蹤跡，一邊狩獵，一邊大步跑跳向前，好像永遠不會感到疲倦一樣。牠在一條奔流入海的寬闊溪流裡補食鮭魚，然後在溪邊殺了一頭大黑熊。那隻黑熊在捕魚的時候被蚊子叮瞎了眼睛，無助又憤怒地在森林裡大肆破壞。即便如此，那仍是一場惡戰，同時喚醒了巴克體內潛伏的野性。兩天後，牠回到現場發現有十幾隻狼在搶奪黑熊的屍體，牠沒兩下就把牠們全趕跑了，只留下兩隻再也無法搶食的狼在現場。

嗜血的慾望變得比以往都來得強烈。牠是天生的殺手，一個掠食者，憑藉著自身的力量和技能獨自生存，牠成功地在只有強者才能存活的環境下活了下來，這讓牠充滿自豪，而這種心情就像傳染病一樣，感染到牠的全身。牠的每塊肌肉每個動作都傳達了這個訊息，這也讓他光彩奪目的毛皮變得更為耀眼。要不是牠口鼻上的褐色斑點，還有胸前的白色長毛，牠可能會被誤認成一隻大狼，比狼群中最大的那隻還要來得巨大。牠遺傳到聖伯納父親的體型和體重，外觀形狀卻是從牧羊犬母親那得來。牠的口鼻像是狼的長鼻，但又比所有狼來得大，牠的頭也比任何體型的狼要來得寬。

牠擁有狼的野性狡詐以及聖伯納和牧羊犬加起來的智慧，再加上在最兇殘的學校中學到的經驗，牠成為荒野中讓人最為畏懼的存在。做為一隻肉食動物來說，牠正值巔峰時期，活力充沛精神飽滿。當桑頓撫摸牠的背部時，手碰到的每一處毛髮都會發出啪嗒的聲響，釋放出累積的磁力。牠身上的每個部分，包括大腦和身體，神經組織和肌肉纖維都處在最完美的平衡狀態。需要採取行動的時候，不管是看到或是聽到，牠都能像閃電般做出最迅速的反應。和哈士奇犬相比，牠跳躍或是防禦的速度快了兩倍。在聽到或看到，然後做出相對反應所需要的時間，還比其他狗僅止於聽到或看到來得短。事實上接收訊息，進行判斷和做出回應是三個連續動作，但牠在這三者之間的轉換是如此迅速，以至於感覺起來像是同時發生的事。牠的肌肉充滿了活力，能像彈簧一樣迅速發力動作。生命的洪流夾帶著愉悅，猛烈蔓延地流過牠的身體，直到狂喜從牠的身體中傾瀉而出，慷慨地流向整個世界。

「從沒見過像這樣的狗，」他們有天看著巴克走出營地時，約翰桑頓說。

「上帝在造牠的時候，鑄模一定都撐破了。」皮特說。

「沒錯！我也是這麼想的」漢斯應聲。

他們看著牠走出營地，但沒看到牠進入密林後即刻又嚇人的轉變。牠不再昂首闊步，而是變身成一隻在荒野的野獸，踏著像貓一樣的步伐，潛伏穿梭在陰影之間，忽隱忽現。牠懂得利用每個掩護，把肚皮貼在地面上像蛇一樣爬行，然後跳起發動攻擊。牠也知道如何把在窩裡的松雞抓出來，殺死睡著的野兔，在空中咬住要跳到另一棵樹上的花栗鼠。牠游得比在開闊水塘的魚還要快，也比築水壩的河狸還要機警。牠獵殺是為了吃，而非為了排遣無聊，但牠更喜歡吃牠親手捕殺的獵物。有時牠的行為會有一種殘忍的幽默感，牠會悄悄跟在松鼠後頭發動偷襲，等到抓住牠們後再放牠們走，然後看著牠們嚇得魂飛魄散地爬上樹頂。

隨著秋天到來，麋鹿的數量越來越多。為了過冬，牠們緩慢地往海拔較低，氣候也比較溫和的山谷移動。巴克已經拖倒一隻迷路的年輕麋鹿，但牠渴望能碰上一隻體型更大而且難以對付的獵物，有天牠真的在分水嶺的山脊上發現了這樣的目標。一群二十來隻的麋鹿從那片有眾多溪水和樹林的地方而來，一隻體型雄偉的公鹿是牠們的領袖。牠的脾氣暴躁，高度超過六呎，完全符合巴克心目中的理想對手。那隻公鹿來回晃著牠頭上的巨大掌形鹿角。鹿角總共有十四個尖端，加起來的長度超過七英尺。牠看到巴克的時候，發出了憤怒的吼聲，小小的眼睛惡狠狠地盯著巴克，閃著兇猛又狠毒的光芒。

這頭公鹿後腿前方的側腹，露出一截羽毛箭尾，這就是牠暴躁的原因。巴克跟著遠古時代流傳下的狩獵本能指引，牠開始把牠從鹿群中隔離出來。這個任務可沒那麼簡單，牠會在公鹿面前狂吠，繞著圈子挑釁。距離很近，但又不能被可怕的鹿角和足以一腳把牠踩死的蹄攻擊到。巴克的挑釁讓這隻公鹿沒法繼續趕路，所以被逼得更加生氣。發怒的時候牠會衝向巴克，然後巴克會奸詐地往後退，裝出一副無路可逃的樣子，讓公鹿繼續往前衝。但是只要牠一旦遠離鹿群，就會有兩三隻其他的年輕公鹿跑出來攻擊巴克，讓那頭受傷的公鹿重新回到其中。

有一種屬於荒野的韌性，和生命的本質一樣，頑強不懈又堅毅不拔。生命會在獵食的時候展現耐性，就像在網中靜止等待的蜘蛛，盤繞的蛇還有伏擊中的黑豹，巴克也擁有一樣的特質。牠緊跟著這群麋鹿，不讓牠們前進，激怒年輕的公鹿，讓帶著小鹿的雌鹿焦慮憂心，又逼得那頭受傷的公鹿怒不可遏地發狂。這種情況持續了半天，巴克加強了攻勢，牠彷彿有了數個分身，從各個方向對鹿群發動旋風般的攻擊，讓受傷的公鹿持續走散又再度回到鹿群，逐漸耗盡獵物的耐性，因為牠們的耐力總是不如掠食者的持久。

隨著太陽西下，白晝即將結束（黑暗再度降臨，這時的秋夜有六個小時），年輕的公鹿越來越不願意協助牠們受困的領袖。因為即將到來的冬季在催促牠們儘快往海拔較低的區域前進，而牠們似乎永遠也無法擺脫巴克，這個阻撓牠們前進又永不疲倦的生物。而且，牠並非威脅到整個群體或是那些公鹿自己的性命。群體的利益還是遠大於其中一個成員的生命，最後牠們還是願意付出這個微小的代價。

在暮色降臨時，那頭年老的公鹿垂著頭，看著牠的同伴在消逝的光線中踩著匆忙的步伐離開。那裡頭有牠熟識的雌鹿、撫育過的小鹿以及統治過的公鹿。牠沒辦法跟上牠們，因為牠無法擺脫那隻在牠面前不停跳動，齜牙裂嘴的無情野獸。牠重達一千五百磅，足足超過半噸，度過強健漫長又充滿戰鬥和掙扎的一生，現在卻得死於這個身高不到牠膝蓋的野獸利齒之下。

從那時起，無論晝夜，巴克再也沒有離開過牠的獵物半步，不給牠機會休息，也不讓牠趁隙啃食白樺和柳樹的嫩枝或樹葉。更不讓這頭受傷的公鹿在經過涓涓細流的時候喝水。有時，公鹿會在絕望的驅使下奔逃，跑出一段距離，這種時候，巴克不會試著阻止牠，只會輕鬆地跟在後頭，心滿意足地持續這場遊戲。公鹿站著不動時，巴克躺下，在當牠試著喝水吃東西時，發動猛烈的攻擊。

那長著巨大鹿角的頭越垂越低，踉蹌的腳步也變得越來越虛弱了。牠站著的時間越來越長，鼻子垂向地面，耳朵也有氣無力地垂著，巴克有了更多時間可以喝水和休息。在這種時刻，巴克吐著紅色的舌頭，緊盯著大公鹿不放，牠感覺到世界萬物正在改變。當麋鹿來到這塊土地上時，有其他的生物也跟著來了，牠能感到一種躁動正在土地上發生。森林、溪流以及空氣都被牠們所擾動。牠的感知並非是由視覺、聽覺或是嗅覺而來，而是從其他更為細微的本能得知。牠什麼也沒聽到、看到，但就是知道這塊土地有些不一樣了，異樣的事情正在發生和進行中，牠決定在完成這件任務之後進行探查。

終於在第四天要結束的時候，牠把那頭雄偉的公鹿拖倒了。牠在這頭獵物的旁邊待了一天一夜，就只進食和睡覺。在獲得充足休息和恢復體力之後，牠準備歸營回到約翰桑頓的身邊。牠輕巧地大步快跑，連跑好幾個小時都不間斷，也不會在複雜的路上迷路，直接穿越陌生的地區往回家的路上邁進，這種絕佳的方向感讓人類和指南針都相形見絀。

牠在奔跑前進的時候，愈發地感覺到在土地上的新擾動。和夏天中的生命截然不同，那是種外來的力量。牠不再以一種微妙且難以言語的方式感知到這件事。現在，牠可以聽到鳥兒在討論，松鼠嘰嘰喳喳地說著，甚至微風也在輕聲低語。牠停下腳步，大口吸進清新的早晨空氣，從中嗅別出一個讓牠加速前進的訊息。牠感覺到災難不是已經發生了，就是正在發生中。等到牠跨過最後那一道分水嶺，往下前往紮營的峽谷區時，牠變得更為小心謹慎，持續向前。

在距離營地三英里的地方，牠發現了一條新的足跡，讓牠脖子上的鬃毛全都直立了起來。這條足跡直接通往營地和約翰桑頓而去。巴克加快了腳步，動作敏捷又安靜，繃緊了每條神經，不放過任何微小的細節。除了結局未定，那些細節已經說明了大概發生的事。牠對正在追蹤的生命，聞到多種不同的線索。牠發現森林裡不尋常的安靜，鳥兒都離開了，松鼠也躲起來了。牠只看到一個灰色的光滑傢伙，壓在一根灰色的枯枝上，彷彿融為一體，像是木頭上的一個突起。

當巴克像一個悄然無聲的陰影潛行時，牠的鼻子突然往側邊抽動，像是有股力量緊緊地抓住了牠。牠跟著那股氣息進入了一個濃密的樹叢，然後發現了尼格。尼格死了，側躺在地動也不動。有支箭射穿了牠，箭頭在一側，帶著羽毛的箭尾在身體的另一側。

再往前一百碼的地方，巴克發現了另一隻桑頓在道森買來的狗。那隻狗在路上垂死掙扎，奄奄一息，巴克沒有停下腳步繞過了牠。營地那傳來了微弱的聲響，聽起來像是有高有低的合唱聲。牠朝著空地匍匐前進地，發現漢斯臉朝下趴在地上，背上像隻豪豬一樣插滿了箭。與此同時，巴克往小木屋的方向望去，看到了讓牠肩頸毛髮全都豎直的景象。一陣無可控制的狂怒席捲了牠。牠沒有意識到牠發出了瘋狂的咆哮，但牠的確大聲怒吼。這是他此生最後一次讓激情蒙蔽了狡詐和理智，因為牠對約翰桑頓的深愛，讓牠失去了理智。

伊哈茲族的印地安人正圍著毀壞的小木屋跳舞慶祝，接著他們聽到一聲讓人肝膽俱裂的吼叫，然後有一頭前所未見的猛獸向他們撲了過來。那是巴克，牠就像一股憤怒的颶風，瘋狂地朝他們衝去。牠撲向站在最前頭的人，那是依哈茲族的酋長，撕裂了他的喉嚨，直到頸動脈斷裂，血像湧泉般噴出。牠沒有停下腳步折磨牠的受害者，而是繼續往下一個人的喉嚨撲去。沒有人能夠抵擋牠的攻勢。牠往族人中間跳去，攻擊撕咬，大開殺戒，動作快速又一氣呵成，印地安人射出的箭完全無法傷到牠。事實上，因為牠的動作太快了，印地安人們又亂成一團，他們射出的箭反而傷到了自己人。有一位年輕的獵人，拿矛往巴克丟去，但是卻射到了另一個獵人，力道大到整隻矛從那人的胸口穿出背部。伊哈茲族陷入一陣驚慌，他們往樹林裡竄逃，邊逃邊叫著說邪靈降臨了。

巴克真的化身成了邪靈，牠狂暴地追著他們，像獵捕鹿一樣在樹林裡把他們拉倒。對伊哈茲族來說，那是一個生靈塗炭的日子，他們四處奔逃散落到各處，直到一週後，倖存者才重新在下游的山谷聚集，清點人數。至於巴克，牠已經厭倦繼續追擊，回到了被摧毀的營地上。牠發現皮特，在還不知道發生什麼事的時候，就死在他的睡毯裡。桑頓掙扎的痕跡在地面上清晰可見，巴克沿著這條痕跡仔細嗅聞，到了一個水池旁。那個水池的旁邊，躺著直到最後都忠誠的史基特，牠的頭和前腿都浸在水裡。水池因為淘金水閘的關係充滿淤泥，顏色混濁，讓人看不清楚裡頭的東西，而約翰桑頓就在裡面。巴克循著他的足跡到了水裡，卻沒發現離開的痕跡。

巴克一整天都坐在池邊沉思，或是在營地周圍焦躁不安地徘徊。牠知道死亡等同停止活動，意味著從活著的生命中逝去，牠也知道約翰桑頓已經死了。這在牠心中造成了一個類似於飢餓的巨大空虛，不但無法被食物填滿，還會讓牠痛不欲生。有時，當牠回想起伊哈茲族的屍體時，牠會忘記那種痛，而且會感到萬分自豪，那比過去的任何驕傲都來的巨大。牠殺死了人類，萬物之靈，而且是在棍棒和利齒的法則下做到的。牠好奇地聞著他們的屍體，他們是如此輕易地就死了，殺死一隻哈士奇狗還比較困難。如果不是他們的弓箭、矛還有棍棒，他們根本不是牠的對手。從今往後，除非他們拿著弓箭、矛或是棍棒，牠再也不會害怕他們了。

夜幕降臨，一輪滿月越過樹梢高高升起，沐浴在月光下的大地變成鬼魅的世界。當巴克在夜晚的池邊沉思和哀悼時，牠感受到森林中一股新的生命力，那和之前伊哈茲族帶來的力量有所不同。牠站起身來，側耳傾聽，仔細嗅聞。很遠的地方傳來了微弱又尖銳的叫聲，緊接著又響起一片相似的尖銳合唱。隨著時間過去，那叫聲也越變越近，越來越響亮。巴克知道那是什麼，那是牠在另一個世界中曾聽過的聲音。牠走往空地的中央，聽著那夾雜著多種音調的呼喚聲，比任何時候都更為誘人和難以抗拒。和以往不同，這次牠準備好服從了，因為約翰桑頓已經死了，那代表牠和人類最後的連結已經斷了，人類和他們的需求再也不會束縛牠了。

就像伊哈茲族獵捕生物一樣，狼群也為了追逐牠們的獵物而來。牠們跟著那群遷徙的麋鹿，穿越佈滿溪流和樹林的土地，最終入侵了巴克所在的谷地。在月光灑落的空地上，牠們像一股銀色的洪流蜂擁而入，巴克在空地中央，動也不動地像一尊靜止的雕像，等著牠們到來。牠們感到害怕，因為巴克是如此地安靜又巨大，時間好似暫停了一會，接著最大膽的那隻狼朝著巴克撲過去。巴克快如閃電，咬斷牠的脖子，然後再度靜止不動，那隻狼就在牠腳下痛苦地翻滾。之後又有三隻狼試著發動攻擊，一隻接著一隻，牠們都落敗了，鮮血從肩膀或是喉嚨流了下來。

狼群受到刺激一擁而上，牠們又急又亂想把獵物擊倒，結果變得更加混亂。巴克驚人的敏捷和矯健讓牠佔了上風，牠把後腿當作支點，又是撕咬又是攻擊，防守做得面面俱到。但為了不讓背後受到攻擊，牠被迫後退，過了水潭進入河床，直到牠靠到一片高聳的礫石河岸後才停下來。牠沿著這條河道，找到一個適合的位置，那是之前那三個人為了淘金挖出來的，巴克在這裡三面都受到地形保護，牠只須要對付面前的敵人。

牠完美地抵禦了狼群的攻擊，半個小時後牠們撤退了。牠們的舌頭都吐了出來，白色的牙齒在月光的下顯得殘酷又無情。有些狼趴在地上，抬著頭豎著耳朵，有些則是站著注視著巴克，有些則是到水潭喝水。有一隻身材瘦長的灰狼，小心翼翼地走了過來，態度友好。巴克認出牠來了，是那隻牠曾並肩一起跑了一天一夜的野生兄弟。牠輕聲地叫著，巴克也是，然後牠們碰了碰彼此的鼻子。

接著來了一隻渾身傷疤又憔悴的老狼。巴克皺起嘴唇準備發出警告的低吼，但後來還是聞了聞牠的鼻子。於是那隻老狼坐了下來，鼻子朝向月亮，發出了長長的一聲狼嚎。其他的狼也如法炮製，這個時候，巴克真真切切地聽到了那呼喚牠的聲音。巴克也一樣，牠坐了下來然後發出了狼嚎。結束後，牠從那個位置走出來，接著狼群圍住了牠，用友好又野蠻的方式嗅聞著牠。狼群的領袖們發出了狼嚎然後往樹林裡跑去，狼群也發出叫聲跟在後頭走了。巴克加入了牠們的行列，和牠的野生兄弟肩並著肩，邊跑邊叫。

巴克的故事到這裡就結束了。伊哈茲族沒幾年後就發現野生狼群的外貌有了變化，有些在頭部和口鼻附近出現褐色的斑點，有些則在胸口有了一撮白毛。但更驚人的是，伊哈茲族人聲稱那群狼的領袖是一隻魔狗。是一隻他們都害怕的狗，因為牠比牠們更為狡詐，能在嚴冬的時候從營地偷走東西，搶走在他們陷阱裡的獵物，屠殺他們的狗，也不把他們最勇敢的獵人放在眼裡。

不僅如此，傳說的情節越來越恐怖。有些打獵的人再也沒有回來，還有些獵人被族人發現時，喉嚨已經被撕開，身旁的雪地上留著比任何狼都要大的腳印。每年秋天，當伊哈茲族跟著麋鹿的腳步移動時，他們一定會避開一個山谷。當人們在營火前聽著，當初那個惡靈是如何選擇那個山谷成為永久居所時，女人們總會變得悲傷。

但伊哈茲人不知道的是，每到夏天，那個山谷總有一個訪客。那是一頭雄偉壯碩，皮毛光彩照人的狼，但牠跟一般的狼又有些不同。他獨自從那片微笑的樹林而來，走入一片開闊的空地中。那裡有些金黃色的痕跡從腐壞破損的鹿皮袋裡流出，滲入地表，金黃色的光芒被土壤上各式各樣的植被和長草所掩蓋。牠會在這裡陷入沉思，然後發出長長的哀鳴，接著離去。

但牠不會總是孤單一個。等到漫長的冬夜來臨，狼群追著牠們的獵物進入地勢較低的山谷裡時，牠會在狼群的前頭帶領著牠們，在極光和銀色月光的照映下，高高地奔跑跳躍，喉嚨發出長長的嚎叫，吟唱著新世界的歌曲，那是一首屬於狼群的歌。

附錄〈傑克．倫敦生平年表〉

1876年	0	生於舊金山一個破產農民的家庭。童年時就已飽嚐了貧窮困苦的滋味。
1884年	8	為了謀生，不得不到一個畜牧場當牧童。
1886年	10	開始在舊金山附近的奧克蘭市當報童、碼頭小工、帆船水手、麻織廠工人等。這期間開始閱讀大量的小說和其他讀物。
1892年	16	因為失業了，不得不在美國東部和加拿大各地流浪，住在大都市的貧民窟裡，並曾以「無業遊蕩罪」而被捕入獄，幾個月以後才重獲自由。
1893年	17	登上了一捕獵船當水手，經過朝鮮、日本，到白令海一帶去獵海豹。所以他交了許多朋友，聽了許多有趣的和可怕的故事。
1897年	21	進入加州大學伯克利分校（UC Berkeley），但之後由於資金短缺而從伯克利輟學。
1897年	21	3月踏上了淘金之旅。
1899年	23	在一次社會黨的聚會中遇到了安娜．斯坦斯基。時年17歲的安娜迫切地想要將傑克．倫敦改造成一個純粹的社會主義者，他們沒完沒了地討論問題，以至於她常常將他們的友情稱之為「戰鬥」。

年份	歲數	事件
1900年	24	第一本小説集《狼子》出版，立即為他獲得了巨大的聲譽和相當優厚的收入。
1900年	24	一時衝動地娶了貝西·瑪德恩，二人育有兩個女兒。
1903年	27	發表的成名作《野性的呼喚》(The Call of the Wild) 成為二十世紀初期美國家喻戶曉的熱門讀物。
1904年	28	接受了赫斯特報系的聘請，去遠東採訪日俄戰爭的消息。看出了日本政府故意留難各國記者的打算，便悄悄一個人去了長崎，想搭上一艘開往朝鮮的船到前線去，卻被日本警察當作俄國間諜抓了起來。期間完成了其他記者沒有完成的任務。後來又因故再度受到被捕的威脅，直到引起了美國總統的干預，才得以脫身。
1904年	28	報道日俄戰爭之後，在舊金山報紙上發表《黃禍》一文。
1905年	29	另和莎爾尼在芝加哥結婚，當時他剛剛獲得和貝西·瑪德恩在加利福尼亞的離婚批准，而伊利諾斯州卻把他們的離婚否決了。該判決一年之後才被承認，因而當時宣佈傑克和莎爾尼的婚姻無效。人們對此議論紛紛，他的旅行演講在那時被取消了，他的書被禁止以各種形式在國內出版。
1906年	30	決定建造一艘船，自己駕着去環遊世界。他預計旅行七年，繞地球一週，可他並不是一個好理財家，造船活動幾乎成了個笑話。他並寫下了小說《白牙》、《亞當之前》和《熱愛生命》。

		《白牙》敘述了一隻狼狗逐漸習慣人類世界，最後甚至願意犧牲性命以挽救主人生命的感人故事。《白牙》常與《野性的呼喚》並列提及，被視為《野性的呼喚》姊妹篇。
1907年	31	發表了政治幻想小說《鐵蹄》，描繪了工人運動，指出資本主義可能向極權主義轉變，還對法西斯主義的興起和消滅做了很有先見之明的警告。
1909年	33	發表了半自傳體小說《馬丁・伊登》。這部小說前半部自傳性很強，取材於作者早年生活經歷和後來成名的過程。這部小說極致表現了他從事寫作時的樂觀精神和幹勁，同時也揭露出了資本主義社會的殘酷無情和金錢崇拜。
1910年	34	在加利福尼亞州格倫艾倫附近的牧場定居，並在那裡建造了豪華住宅「狼居」，此宅耗時四年，耗資十萬美元；同年，完成了小說《天大亮》。
1911年	35	和莎爾尼生了一個病懨懨的女兒，女兒只活了三天。
1916年	40	十一月二十一日，傑克·倫敦計畫第二天去紐約，而且打算中途繞道去看看芝加哥賽牲會，買一些良種牛，但是那天晚上他卻服用了過量的嗎啡身亡。

世界經典文學

野性的呼喚

The Call of the Wild

2023年5月30日　初版第一刷　定價280元

著者	傑克·倫敦
譯者	陳家瑩
美術編輯	王舒玗
總編輯	洪季楨
編輯企劃	笛藤出版
發行所	八方出版股份有限公司
發行人	林建仲
地址	台北市中山區長安東路二段171號3樓3室
電話	(02)2777-3682
傳眞	(02)2777-3672
總經銷	聯合發行股份有限公司
地址	新北市新店區寶橋路235巷6弄6號2樓
電話	(02)2917-8022·(02)2917-8042
製版廠	造極彩色印刷製版股份有限公司
地址	新北市中和區中山路二段380巷7號1樓
電話	(02)2240-0333·(02)2248-3904
郵撥帳戶	八方出版股份有限公司
郵撥帳號	19809050

野性的呼喚 / 傑克·倫敦著 ; 陳家瑩譯. -- 初版.
-- 臺北市 : 笛藤出版圖書有限公司, 2023.05
面 ;　公分. -- (經典文學)
譯自 : The call of the wild.

ISBN 978-957-710-896-8(平裝)

873.57　　112006747